카메라를 끄고 씁니다

카메라를 끄고 씁니다

가족을 기록하는 다큐멘터리 영화감독의 특별한 삶

양영희

인예니 옮김

마음산책

옮긴이 **인예니**

한국에서 태어나 생의 절반을 일본에서 보낸 중간자. 원문을 해체해서 다른 재료로 같은 구조물을 짓는 작업이 번역이라고 생각한다. 자막과 각본 위주로 작업하고 있고, 이미지와 뉘앙스를 동시에 가늠하는 번역이 특기다. 〈가족의 나라〉 각본 번역으로 양영희 감독과 연을 맺으면서 그의 한국어 자아를 맡고 있다.

카메라를 끄고 씁니다
가족을 기록하는 다큐멘터리 영화감독의 특별한 삶

1판 1쇄 발행 2022년 10월 25일
1판 5쇄 발행 2023년 7월 25일

지은이 | 양영희
옮긴이 | 인예니
펴낸이 | 정은숙
펴낸곳 | 마음산책

편집 | 성혜현·박선우·김수경·나한비·이동근
디자인 | 최정윤·오세라·한우리
마케팅 | 권혁준·권지원·김은비
경영지원 | 박지혜

등록 | 2000년 7월 28일(제2000-000237호)
주소 | (우 04043) 서울시 마포구 잔다리로3안길 20
전화 | 대표 362-1452 편집 362-1451   팩스 | 362-1455
홈페이지 | www.maumsan.com
블로그 | blog.naver.com/maumsanchaek
트위터 | twitter.com/maumsanchaek
페이스북 | facebook.com/maumsan
인스타그램 | instagram.com/maumsanchaek
전자우편 | maum@maumsan.com

ISBN 978-89-6090-777-5 03830

* 책값은 뒤표지에 있습니다.

아버지, 우리 셋 대신에
영희 하나 정도는 자유롭게 해주세요.
영희가 하고 싶은 일을 하면 되잖아요.

계속해서 이야기를 나누고 싶다

작은 캠코더를 산 그날부터 가족을 촬영하기 시작했다. 겸연쩍어하면서도 기뻐하던 어머니, 3년 동안 카메라를 피해 다닌 아버지. 오사카의 부모님과는 대조적으로 평양에 사는 조카들은 난생처음 보는 캠코더를 신기해했다. 소리도 들어가느냐며 반대편에서 렌즈를 들여다보았다.

그로부터 26년, 나는 도쿄와 뉴욕에 살며 오사카와 평양에 사는 가족을 찍었다. 오빠들과 헤어진 상실감을 채우기 위해서, 부모님의 삶을 이해하고 내가 어디서 왔는지 알기 위해서였다. 그사이 다큐멘터리 영화 3부작과 극영화 한 편이 탄생했다.

『카메라를 끄고 씁니다』에는 영화에 담을 수 없었던 뒷이야기를 풀어냈다. 영화나 책으로 할 수 있는 이야기란 어쩌면 뻔할지도 모른다. 진정한 '논픽션'은 누구에게도 말하지 못하는 '기억과 심정' 그 자체일 것이다. 그렇기 때문에 적어도 내가 건져 올린 것만큼은 제대로 전하고자 한다.

일본과 한반도의 역사와 현실을 온몸으로 겪은 내 작품이 사람들의 토론을 끌어내는 촉매가 되었으면 좋겠다. 나 자신 역시 촉매이고 싶다. 살아 있는 한, 계속해서 이야기를 나누고 싶다.

가족 영화를 만들면서 아이러니하게도 가족을 만날 수 없게 됐다. 그러나 '가족이란 사라지지 않고, 끝나지도 않아. 아무리 귀찮아도 만날 수 없더라도 언제까지나 가족이다' 그런 실감이 나를 새로운 해방구로 이끈다.

일본보다 한국에서 먼저 선보이는 첫 산문집이다. 카메라를 끄고 책을 쓰고 나니, 비로소 하나의 과업을 끝마친 기분이 든다. 영화감독으로서 새로운 출발점에 섰음을 실감한다.

2022년 가을
양영희

차 례

1   결국은 평범한 사람들

2   카메라를 꺼주세요

살아가다 보면 이루 말할 수 없이 아픈 상황들을 조우한다.
그 순간을 카메라가 포착할 때 기적 같은 장면이 탄생하고,
그 작품을 보는 사람의 마음을 뒤흔든다.
잔인한 이야기다.

◆ 재일코리안(재일조선인)

1910년 한일병탄조약으로 조선인은 황국신민이 되었다. 1945년 8월 15일, 조선이 독립한 후에도 재일코리안은 1952년 샌프란시스코강화조약 발효(일본의 독립 회복)까지 일본 국적을 유지하지만 일본 내 선거권은 정지당했다. 1947년 외국인 등록이 의무화됐을 때 이들은 국적란에 편의상 '(출신지) 조선'으로 등록했다. 강화조약 발효와 동시에 일본 정부는 재일조선인의 일본 국적을 일률적으로 박탈한다. 1948년 대한민국이 수립되고 한국 정부는 재일조선인의 국적을 한국으로 변경토록 하였고, 1965년 한일기본조약 체결(한일 국교 회복) 이후 변경 작업이 본격화됐다. 이는 한국 국적자에게만 영주권이 부여되었기 때문이며, 1970년에는 조선 국적과 한국 국적의 비율이 역전된다. 현재 '조선' 국적 보유자는 한국 국적으로 바꾸지도 일본 국적을 취득하지도 않은 재일코리안이며, 꼭 '조선민주주의인민공화국' 국적이라는 의미는 아니다. 2020년 말 현재 조선 국적 보유자는 2만 7천 명 남짓이며, 재류 자격은 거의 '특별 영주'이다. (문경수, 리쓰메이칸대학교 국제관계학부 특임교수)

◆ 조총련(재일본조선인총연합회)

조선민주주의인민공화국의 재일본공민단체. 1948년 한반도에 대한민국과 조선민주주의인민공화국이 수립되고 한국전쟁을 거쳐 남북이 분단된 후, 1955년 결성되었다. 일본과 북한에서는 총련이라고 한다. 도쿄도의 중앙 본부를 중심으로 전국 각지에 본부 및 지부가 있다. 산하에 민족 학교를 운영하거나 북한 비자, 여권 발급 등의 업무를 하고 있다. 양영희 감독의 아버지(양공선)는 오사카 본부의 부위원장을 역임한 후, 오사카조선학원의 이사장을 지냈다.

◆ 북송 사업(귀국 사업)

1959년부터 1984년까지 일본에 있던 재일코리안의 북한 집단 이주. 일본 사회에서 차별과 빈곤에 시달리던 9만 명 이상의 재일코리안이 '지상 낙원'이라는 말을 믿고 북으로 건너갔다. 당시 재일 사회에서는 '귀국 사업'으로 불렸고, 그렇게 건너간 '귀국자'들은 대부분 일본으로 재입국이 불허됐다. 양영희 감독의 세 오빠도 모두 북송 사업으로 북에 보내졌다.

◆ 조선학교

조총련과 산하단체에서 운영하는 민족 학교. 교육과정은 유치반, 초급학교(6), 중급학교(3), 고급학교(3), 대학교(4)로 한국의 학교 제도와 동일하다. 양영희 감독은 오사카조선고급학교와 도쿄의 조선대학교를 졸업했다.

◆ 제주4.3사건

1947년 3월 1일을 기점으로 하여 1948년 4월 3일 발생한 소요 사태 및 1954년 9월 21일까지 발생한 무력 충돌과 진압 과정에서 주민들이 희생당한 사건. 미군정기에 발생하여 대한민국 정부수립 이후까지 7년여에 걸쳐 지속된, 한국 현대사에서 한국전쟁 다음으로 인명 피해가 극심했던 비극적인 사건이었다. (〈제주4.3사건 진상조사보고서〉, 국가기록원)

1 결국은 평범한 사람들

이카이노 여자들

한때 이카이노라고 불렸던 오사카시 이쿠노구. 어머니는 이
곳에서 태어나고 자랐다. 재일코리안 사회의 축소판과 같은
이곳은, 주민의 4분의 1 이상을 재일코리안이 차지하고 있었
다. 국적이나 사상과 관계없이 이곳에 사는 재일코리안의 9할
은 한반도의 남쪽, 한국 출신이다. 일본 사회의 민족 차별과
가난으로 고통받던 이들의 생활은 조국 분단으로 인해 더 큰
혼란에 빠졌다. 북이냐, 남이냐. 모두가 이념을 따져야 했다.
정치와 떼어놓을 수 있는 일상이란 없었다.

• 〈수프와 이데올로기〉 중에서

〈수프와 이데올로기〉 속 1960년대 이카이노의 풍경은 조지현 사진집 『이카이노 : 일본 속 작은 제주』에서 발췌한 것이다. 1964년 이쿠노구 쓰루하시에서 태어난 내 기억 속 동네의 모습은 1960년대 후반에서 1970년대에 머물러 있다. 사진집에 담긴 풍경들은 어머니가 나고 자란 1930년대와 1940년대, 아버지와 결혼해 오빠들을 키운 1950년대의 이카이노를 상상할 수 있는 이정표와 같다.

내가 자란 집은 지금도 '이카이노바시' 표지판이 남아 있는 교차로 근처인 쓰루하시 4번가에 있다. 일본인, 통명(일본식 이름)을 쓰는 한국조선인, 본명을 사용하는 한국조선인의 명패가 태연하게 뒤섞여 있던 곳이다. 골목을 걷다 보면 오사카 사투리, 한국말 억양의 오사카 사투리, 경상도 사투리, 제주도 사투리가 들려왔다. 1960년대 정서에 제주도 출신이 많다는 특색이 더해져서인지, 겨울을 제외하고는 어느 집이나 문을 열어놓고 지냈다. 집 밖에서는 할아버지들이 바둑을 두었다. 집 안에서 들려오는 TV 소리나 반찬 만드는 냄새로 어느 집의 누가 어떤 프로그램을 보고 무엇을 먹는지 다 알 수 있었다. 욕실에서는 조선학교에 다니는 아이들이 욕조에 잠겨 조선말로 숫자를 세고 학교에서 배운 북조선 노래를 불렀다. 물론 한국 정부를 지지하는 사람들도 있었고 한국조선인이라는 사실을 숨기고 사는 사람들도 있었지만, 북조선을 믿으면서 조총련을 지지하는 사람이 재일 사회의 70퍼센트를 넘는다던 시대였다.

　남북으로 갈라진 한반도. 갈등이 격화되는 본국의 상황은 재일 사회에도 그대로 그림자를 드리웠다. 선술집이나 고깃집에서는 테이블마다 남한 지지자와 북조선 지지자가 따로 앉았고, 문득 들려오는 대화의 말꼬리를 잡아 말싸움을 시작하거나 주먹다짐까지 했다. 남한을 지지하는 거류민단과 북조선을 지지하는 조총련의 대립도 심각했다. 김치 가게와 한복점이 늘어선 미유키모리 상점가를 찾는 손님들은 김치 맛보다 가게 주인의 정치 성향을 기준으로 가게를 골랐다. 상점가에 걸린 현수막에도 "죽음의 신청 '영주권' 취소하고 괴뢰 '한국적'을 조선으로 고치자!"라는 강렬한 정치적 문구가 적혀 있었다. 한반도는 삼팔선으로 둘로 분단되었지만, 재일코리안 사회는 거리 구석구석까지 구불구불 삼팔선이 얽혀 있었다.

　집에서 도보 1분 거리에 목욕탕, 우동집, 중국집, 떡 가게, 채소 가게, 빵집, 이발소, 미용실, 문방구, 과자 가게, 오코노미야키 가게, 찻집, 전파상, 세탁소 등이 있어 편리했다. 지나가는 말로도 절대 고상하다고는 할 수 없는, 일본인과 한국조선인이 공존하던 동네였다. 나는 그 거리에서 당당하게 본명을 쓰고 어머니가 직접 만든 치마저고리를 평상복으로 입고 다녔다. 밖에서도 주위 시선에 아랑곳하지 않고 큰 소리로 '어머니! 아버지! 오빠!'를 불러대는 아이였다. 어머니는 어린 나에게 곧잘 "조선인인 영희를 놀리거나 괴롭히는 사람이 있더라도 그건 그 사람이 이상한 거야. 네가 나쁜 게 아냐. 언제나 당당하게 굴어"라고 일러주었다. "그러려면 예의 바르게 인사 똑바로 하고, 옷도 깨끗이 입고 다녀야지. 어머니가 늘 블라우스랑 양말을 새하얗게 빨고, 손수건은 다림질하는 이유가 다 그래서란다. 조선인은 더럽다, 그런 소리 들으면 안 돼" 같은 말을 되풀이했다.

우리 집 옆에는 '야쿠르트' 가게가 있었는데, 기모노를 입은 나이 지긋한 아주머니가 매일 나와 있었다. '야쿠르트 아줌마'라고 부르던 그 아주머니는 커다란 업소용 회색 냉장고 앞에 둔 나무 의자에 앉아 지나가는 사람마다 인사를 건넸다. 나를 볼 때면 "영희 짱! 오빠들 것도 가져가, 돈은 괜찮으니까"라면서 항상 야쿠르트 네 개를 내밀었다. "영희네 엄마는 참 예쁘네"를 입에 달고 살던 사람이었다. 인심 좋고 상냥한 아주머니가 야쿠르트를 공짜로 주는 거라고 생각했는데, 어머니가 한꺼번에 계산하고 있었다는 사실을 나중에야 알았다. 아주머니는 우리 오빠들이 북조선에 '귀국'한다고 했을 때, "조선에 가서 나라를 위해 힘쓰다니 훌륭하네" 울먹이며 말했다. '나라를 위해'라는 말은 TV 드라마 같은 데서 전쟁터에 나가는 대일본 제국군의 병사에게나 쓰는 말이라고 인식하고 있던 터라 조금 놀랐었다. 어린 마음에 오빠들한테 이상한 말 쓰지 말라고 속으로 발끈했지만, 지금 와서 생각해보면 야쿠르트 아줌마의 말이 맞았던 건지도 모른다.

　　나는 '고양이 아줌마', 아버지는 누님이라고 부르던 사람도 있
었다. 키가 크고 어깨가 넓은 데다 살집도 좋던 아주머니는 직접
담근 김치를 담은 커다란 법랑 냄비 여러 개와 파, 마늘, 고추, 참기
름, 명태 같은 건어물을 리어카에 싣고 이쿠노구 곳곳을 돌아다녔
다. "김치 있어요" 늘 고양이 같은 목소리로 인사하며 현관문을 열
었다. 어머니는 무거운 리어카를 끌고 일일이 단골손님 집을 찾아
다니는 모습에 차마 필요 없다고 거절하지 못해 "배추김치나 오이
김치 작은 거 한 봉지 주세요" 하곤 했다. 냉장고에 김치가 잔뜩 있
어도 사다 보니 배추김치와 오이김치는 점점 쌓여만 갔다. 보다 못
한 내가 김치 많다고 하면 안 되냐고 물어보자 어머니는 단칼에 안
된다고 대답했다. 감당하기 어려워지면 주변 사람들에게 김치를
나눠줄지언정 계속 구입했다.
　　아주머니가 끄는 리어카는 정말이지 무거워 보였다. 한번은

나도 리어카 끌기에 도전해봤지만 너무 무거워서 단 1센티미터도 움직이지 못했고, 그 모습을 지켜보던 아주머니는 호쾌하게 웃었다. 리어카로 김치를 팔아서 아이들을 대학까지 보낸 것이 그녀의 자부심이었다. 수십 년 뒤에 〈디어 평양〉을 본 아주머니는 재미난 에피소드가 많으니 자기 영화도 찍어보지 않겠냐며 젊은 시절 이야기를 들려주기 시작했다. 제주 출신인 그녀는 일 안 하는 남편 때문에 자신이 얼마나 고생을 많이 했는지 아냐고 토로했다. "제주도 남자는 못 써, 입만 살았다니까!"

다음에는 캠코더 앞에서 말하겠노라 약속하고 얼마 지나지 않아 아주머니는 세상을 떠났다. 그녀가 기르던 고양이들은 자식들이 거두어갔다고 전해 들었다. "영희야, 아줌마는 말이야. 네 어머니랑 아버지가 너무 좋다." 늘상 말하던 고양이 아줌마. 드라마 〈파친코〉에 주인공 선자가 이카이노에서 리어카에 김치를 싣고 다니며 파는 장면이 나온다. 드라마를 보면서 절로 고양이 아줌마가 그리워졌다.

어린 기억 속에 '비녀 할망'은 항상 한복 차림이었다. 봄여름엔 마로 만든 치마저고리를, 가을이 깊어갈 무렵부터 겨울이면 비단으로 지은 치마저고리를 입었는데 반드시 베이지나 아이보리 계통의 색으로 통일했다. 정수리 한가운데에 가르마를 타 흰머리를 틀어 올리고 커다란 비녀를 꽂았다. 늘 천으로 만든 가방을 들고 다녀서 뒷모습을 보면 천 가방과 비녀가 눈에 확 띄었다. 뒷짐을 지고 가슴을 펴고 큼직한 보폭으로 우아하게 걷던 할머니는 제주도 사투리를 쓰면서 영희 엄마 있는가, 하며 현관문을 열었다. 현관 근처에 앉은 할머니를 어머니가 방으로 모시려고 하면 "이거면 됐져. 별일 어시냐? 차나 혼잔 주라(여기가 좋네. 별일 없지? 차나 한잔 내주게)"라며 거절했다. 어머니가 내온 차를 마신 다음 내 얼굴을 보고는 제주도 사투리로 "너거 어멍은 곱닥하니 열심히 살암져이. 서방이 복도 하신게(느이 엄마는 참 곱고, 열심히도 산다. 공선이가 복도 많지)" 말을 이어갔다. 평소에는 오사카 억양의 일본어를 쓰는 어머니도 할머니들과 이야기를 나눌 때는 제주 말을 썼다. 덕분에 제주도에 가본 적이 없던 나도 제주 말을 알아듣게 되었다. 오래 머무르는 법이 없던 할머니는 자리를 뜰 때면 나에게 용돈을 줄까 물었다. 그때마다 받을지 말지 망설이다가 어머니 뒤에 숨어버리면, "이 할망은 여기왕 호끔 쉬영가는 게 좋아부난이(할머니는 일하다가 잠깐 쉬고 가는 게 좋아서 그래)"라고 했다. "감쩌이(그럼 감세)." 할머니가 현관을 나설 때는 향 냄새 같은 좋은 향기가 났다.

시간이 지나 어머니에게 비녀 할망이 돌아가셨다는 소식을 들었다. "그 할머니 정말 멋쟁이에다 늘 당당하셨지. 그런데 무슨 일을 하셨던 거야? 맨날 용돈 줄까 물어보셨는데." 어머니는 웃음을 터뜨리면서 고리대금업자라고 알려주었다. 입이 떡 벌어질 만큼 놀라면서도 어쩐지 납득이 갔다. 어머니도 돈을 빌린 적 있냐고 묻자 "그렇게 이자가 비싼데 어떻게 빌리니? 아주 유명하셨지"라며 애틋한 표정으로 말했다.

내 기억 속 이카이노는 여성들이다. 이카이노에 사는 할머니, 어머니, 며느리, 딸들은 제주도와 경상도, 오사카 사투리로 말했다. 뼈 빠지게 일하고 호탕하게 웃던 그녀들 뒤에는 가혹한 역사가 감춰져 있을 것이다. 더 많은 이야기를 나누어둘 것을, 뒤늦게 후회한다. 그녀들의 이야기를 계속 파헤쳐서 많은 사람들에게 전해주고 싶다.

시간이 지나 이카이노라는 지명은 지도에서 사라졌다. 조선시장은 코리아타운으로 이름이 바뀌었고, 이곳은 이제 한류드라마와 케이팝을 좋아하는 관광객들이 몰려드는 관광지가 됐다. 길거리도 깨끗해지고, 작은 김치 가게도 세대에 걸친 비즈니스로 급성장했다. 한편으로 쩌렁쩌렁 울려대는 일본 우익단체의 헤이트 스피치가 주민들의 신경을 긁는 것도 사실이다. 고양이 아줌마나 비녀 할망이 오늘날의 이카이노를 보면 뭐라고 할지 문득 궁금하다. 이 땅은 변한 걸까, 변하지 않은 걸까. 이카이노의 현재를 보며 이곳에서 만난 재일 1세들을 생각한다.

미국 놈, 일본 놈,
조선 사람

아버지 사귀는 놈이 없으니까 화가 나지.

딸 어떤 사람이 좋아?

아버지 어떤 사람이든 돼, 너만 좋으면.

딸 정말이죠? 아버지, 녹화했으니까 이게 증거야.

아버지 그래.

딸 다른 말 하기 없기예요.

아버지 응.

딸 아싸!

아버지 미국 놈, 일본 놈은 안 돼.

딸	그런 게 어디 있어, 말이 다르잖아. 그럼 프랑스인이면?
아버지	그건 이야기가 다르지.
딸	거봐, 다 조건이 있네.
아버지	일단 우선은 조선 사람이라야 좋다.

• 〈디어 평양〉 중에서

데뷔작 〈디어 평양〉 서두의 한 장면. 아버지와 딸의 만담 같은 대화에 관객들은 폭소를 터뜨린다. 한국, 일본뿐만 아니라 캐나다, 이탈리아, 에스토니아, 독일, 미국 등 어느 영화제에서나 이 장면에서는 같은 반응이었다. 미국인은 안 된다는 아버지 말에 무릎을 치고 배꼽을 잡으며 가장 크게 웃었던 이들은 흥미롭게도 미국 관객들이었다. 상영이 끝난 후 많은 사람이 "우리 아버지도 똑같은 말을 한다"라는 소감을 들려주었다. 피부색도 언어도 다른 사람들이 우리 아버지를 보고 마치 자신의 부모를 보는 것 같다고 해서 적잖이 놀랐다. 그들의 이야기를 들으면서 이민 1세의 고생을 보고 자란 2세, 3세의 연대감을 느꼈다. 여러 이유로 고국을 떠나 새로운 땅에서 생활의 기반을 다지며 권리를 쟁취해온 이민 1세들의 모습을, 2세들은 알고 있다. 식민지지배나 전쟁, 내전, 독재 체제를 경험한 세대에게 지배자, 침략자, 적, 원수였던 나라의 인간과 부부의 연을 맺는다는 것은 도덕적으로나 감정적으로나 받아들일 수 없는 일일 터이다. 개인의 연애와 결혼에 국가 간 문제를 적용하는 것은 우스운 일이지만, 부모와 조부모가 살았던 시대를 생각하면 어쩔 수 없다고, 우리 부모도 그랬다고 관객들은 입을 모아 말했다.

사상적으로 공감하기는 어렵지만, 우리 아버지와 꼭 한번 술을 마셔보고 싶다는 이들도 많았다. 강렬한 캐릭터의 아버지 덕에 〈디어 평양〉은 사람들에게 선명한 인상을 남기며 잊을 수 없는 영화가 되었다. 발표한 지 17년이 지난 지금도 여전히 이 영화를 좋아한다는 팬들이 전 세계에 있다.

영화에서 아버지는 나에게 자꾸 결혼하라고 말하는데, 엄밀히는 '재혼'이 정확한 표현이다. 아버지도 어머니도 나에게 재혼이라는 단어를 쓴 적이 없다. 두 분은 첫 번째 결혼의 실패를 없었던 일로 만들기 위해 계속 결혼이라고 말했다. 사실 나는 이십대 초반에 결혼을 한 번 했었다. 1년 몇 개월이라는 짧은 결혼 생활은 하루 종일 일을 하고 집에 돌아와서 한밤중까지 가사 노동에 시달렸던 기억밖에 없다. 다만 결혼에 대한 꿈과 환상을 모두 털어냈다는 점에서 초혼의 실패는 유의미한 경험이었다.

나는 오사카조선고급학교를 졸업하고 조총련이 '민족교육의 최고 학당'이라고 자랑하는 도쿄의 조선대학교에 입학했다. 졸업 후에는 연극 쪽으로 가고 싶었지만, 주변 어른들의 집요한 설득에 못 이겨 우선 모교인 오사카조선고급학교의 국어(조선어) 교사가 되었다. 그러다 선배 교사와 교제를 시작할 무렵, 교통사고로 입원했다. '여자 나이와 크리스마스 케이크는 25가 지나면 가치가 떨어진다'는 비상식적인 편견에 사로잡혀 있던 부모님은 내가 병원 침대에 누워 있던 몇 달 사이에 결혼 준비를 끝마쳤다. 퇴원하면 일주일 뒤에 혼수를 보내고, 얼마 지나지 않아 결혼식과 피로연을 여는 '전격 결혼'이었다. 퇴원한 후 어머니에게 약혼을 파기하고 싶다고 말한 적이 있다. 어머니는 일본 전역 조총련 조직에 이미 초대장을 보낸 아버지의 체면을 깎을 수는 없다며 딸의 간청을 무시했다. 아버지 입장만 중시하는 어머니 태도에 절망스러웠지만, 결혼 소식에 기뻐하는 주변 사람들을 보면서 인생이란 이렇게 흘러가는 것일지도 모른다고 마음을 다스렸다. 교통사고 후유증으로 마음이 약해져 있었을지도 모른다. 나는 이미 혼주 태세에 들어간 부모님에게 결혼식 준비를 맡기고 재활치료에 집중했다.

500명이 모인 중국 식당에서 올린 결혼식과 피로연은 마치 조총련 집회 같았다. 식을 치르기 전 어머니에게 농담 삼아 "식장에 김일성과 김정일의 초상화만큼은 걸지 않았으면 좋겠다"라고 했는데 "안 걸어도 되려나? 그래, 알았어"라고 진지하게 대답하는 어머니를 보고 등줄기가 서늘했다. 미리 확인해봤기에 망정이지 큰일 날 뻔했다.

신혼 생활은 냉장고 안에서 사는 것처럼 냉랭하기 그지없었다. 사랑 없는 결혼은 시간 낭비라고 판단한 내가 먼저 이혼 이야기를 꺼냈다. 양가 부모님과 결혼을 성사시킨 중매인 등이 모여 친족 회의를 거친 끝에 1년 남짓한 재일코리안 남자 교사와의 결혼생활은 끝이 났다. 결혼할 때 상대방에게 받은 것은 모두 돌려주고, 부모님이 해준 것은 도로 가져왔다. 아파트 사이즈에 맞춰 혼수로 산 옷장은 친정의 작은 현관으로 도무지 들어가지 않아, 크레인을 불러 3층 베란다를 통해 내 방으로 옮겼다. 한낮에 이웃들의 동정 어린 눈길을 받으며 화려한 컴백 무대를 치른 셈이다.

집으로 돌아온 나는 해방감에 휩싸여 점차 건강을 회복했다. 부모님 의견을 존중해서 취직과 결혼이라는 '의무'를 마쳤으니 앞으로는 나 자신을 위해서 살고자 마음먹었다. 남편을 위해, 가족을 위해, 하물며 조직이나 조국을 위해, 주석님을 위해. 그런 말은 내 인생에서 이미 사라졌노라! 스트레스로 인한 불면증도 나아서 몸과 마음 모두 최고조였다.

이혼한 외동딸을 안쓰럽게 여긴 아버지는 매일 밤 반주를 들면서 불행을 한탄하며 울었다. "우리 딸이 뭐가 불만이야! 행복하게 해주겠다고 데려간 주제에!" 혼자 성을 내며 식탁을 치고 벌컥벌컥 사케를 들이켜고는 굵은 눈물방울을 뚝뚝 떨어뜨렸다. 그때만큼은 나를 위해 울어주는 딸 바보 아버지에게 진심으로 죄송하고 고마웠다. 반면에 어머니는 아버지와 달리 무한 긍정형 인간이었다.

"애도 없겠다. 미혼인 셈치고 어서 빨리 좋은 사람 찾아서 결혼도 하고 애도 낳고 해야지."

"또 결혼? 이번엔 재혼이요?"

내가 말하면 '누구더러 재혼이래?' 같은 반응으로 일축했다. 딸의 장래에 대해 이야기할 때 재혼이라는 단어를 철저히 거부하던 어머니는, 어느 날 내가 외출한 사이에 내 방에서 결혼과 관련된 모든 물건을 치웠다. "결혼식 사진은 전부 태웠어. 지나간 일은 잊어버려. 사람들 앞에서도 당당하고." 어머니가 말했다. 본인이 받아들이고 싶지 않은 인생의 단면은 깨끗하게 도려내버리는 어머니의 특출한 재능에 압도되었다. 그리고 조금은 부러웠다. 언제나 생글생글 웃는 얼굴을 하고 있던 어머니였지만, 누구보다 강인하다는 사실을 엿본 듯했다.

나는 자유를 만끽했다. 여자의 인생은 스물다섯까지라고 어떤 멍청이가 말했던가. 내 인생은 이십대 후반에 시작됐다. 스스로 생각하고 선택하고 실행하는 삶에 가슴이 두근거렸다.

아버지는 나와 얼굴을 마주할 때마다 결혼 상대를 데려오라고 닦달했다. 한번은 "누군가와 함께하면서도 외로울 바에는 고독을 각오하고 혼자 살겠다"라고 말했다. 솔직한 말 한마디가 아버지를 더욱 걱정시켰던 모양이다. 일본에 일가친척도 없는 딸이 정말 고독에 휩싸일까 봐 초조해진 아버지는 더욱 자주 애인을 데려오라고 독촉했다. "아버지와 어머니가 기적이지. 그렇게 오랫동안 사이좋게 지낼 수 있는 사람은 그렇게 많지 않다구요!" 아버지는 도통 내 이야기를 들으려고 하지 않았다. 아버지 말에 따르면 좋아하는 사람끼리 함께 사니까 언제까지고 사이가 좋은 게 당연하다는 것이었다. 더는 반론을 포기했다.

나는 가족을 만들고 싶지 않았다. 직계가족에서도 벗어나고 싶은데 타인과 새로운 가족을 만들라니, 제정신인가. 아버지의 딸, 오빠들의 여동생, 여성, 재일코리안 같은 명사들에서 벗어나고 싶었다. 가족을 향해 카메라를 든 이유도, 도망치기보다 그들을 제대로 마주 본 다음에 해방되고 싶어서였다. 영화 하나 만들었다고 무엇에서 해방될 수 있을지는 모르지만, 손목 발목에 주렁주렁 차고 있는 그것들에서 자유로워지려면 그것들의 정체를 알아내야 했다. 알아야만 비로소 벗어버릴 수 있을 것 같았다.

부모밖에 못 하지

평양에 살고 있는 세 아들에게 보낼 소포를 싸는 어머니의 모습. 〈디어 평양〉을 본 관객들이 뽑은 가장 인상 깊은 장면이다. 어머니는 종이 상자에 옷가지, 식료품, 손주들이 쓸 학용품이며 축구공, 각종 영양제와 약을 상자 가득 담았다. "부모밖에 못 하지, 부모밖에." 웃는 얼굴로 짐을 싸는 어머니의 혼잣말은 명대사로 손꼽힌다.

1970년대 초반 각각 만 열네 살(중학생), 열여섯 살(고등학생), 열여덟 살(대학생)의 나이에 북으로 간 오빠들은 평양과 원산에 위치한 '총련 간부 자녀 합숙소'에서 공동생활을 했다. 1959년부터 시작된 북송 사업(귀국 사업)을 통해 약 9만 4천 명의 재일코리안 (90퍼센트 이상이 남한 출신자와 그 아이들)이 일본에서 북으로 건너 갔다. 개중에는 부모와 떨어져 아이만 바다를 건넌 경우도 적지 않 았다. 특히 조국에 '맡기는' 아이들이 총련 간부 자녀 합숙소에서 특별 대우를 받을 수 있다는 사실은 조총련 활동가에게 결정타가 되었을 것이다. 북한 정부 기관의 검열을 거쳐 일본 부모님 손에 도착한 오빠들의 편지에는 '영광스러운 조국과 경애하는 김일성 수령님의 사랑 아래 면학에 힘쓰고 있습니다'라는 추상적인 문장 이 적혀 있었다. 오빠들의 진심을 들을 방법은 없었다.

언젠가 평양에 방문했을 때 오빠들에게 물어본 적이 있다.

"총련 간부 자녀 합숙소에서 다른 평양 시민에 비해 대우를 받았어?"

"하루에 계란 하나는 먹었나? 그 당시로 치면 파격적인 대우 였지만, 그래도 우리는 아침부터 밤까지 배가 고파 쓰러질 것 같아 서 공부가 눈에 안 들어왔다. 하루 종일 먹을 거 생각만 했지."

건화 오빠가 오사카 사투리로 대답했다. 북한 주민들의 식생 활은 더 심각한 상황이었지만, 일본에서 나고 자란 '귀국자'들은 정신적으로나 체력적으로 '원주민'을 따라갈 수 없다고 했다. "영 희였으면 한 달도 못 버티지." 진심인 듯 농담인 듯 오빠들의 웃음 이 퍼져나갔다. 나는 그 상황이 웃지 못할 코미디 같아서 그만 할 말을 잃었다.

　오빠들이 북으로 가기 전인 1960년대 후반에서 1970년대 초, 우리 식구는 풍족한 식생활을 하고 있었다. 어머니는 양복점에서 받아온 봉제 일로 돈을 모아 시장과 상가 가까운 곳에 남향집을 마련했다. 집 근처 쓰루하시역은 전쟁 이후 암시장에서 도매시장으로 탈바꿈한 시장과 이어져 있었다. 도매시장에는 생선 가게, 정육점, 장어 가게, 가다랑어 가게, 조림 가게, 어묵 가게, 채소 가게, 과일 가게, 일본 떡집, 제과점, 반찬 가게, 냄비·식기·식칼 전문점 등 각종 상점들이 줄지어 들어서서 이른 아침부터 물건을 구하러 오는 상인들로 붐볐다. 식당들도 새벽부터 문을 열어 활기가 넘쳤다. 도매시장 옆에는 조선시장이 있었다. 김치 가게, 수육집, 내장을 취급하는 정육점, 제주도 전문 생선 가게, 조선 반찬 가게, 조선 떡집, 조선식 제사 도구 가게, 치마저고리 전문점까지 다양했다. 주변에는 오사카 명물인 오코노미야키, 다코야키, 구시아게(꼬치 튀김), 복어전골에 이르기까지 야쿠자와 가부키 배우가 단골이라는 유명한 가게들이 촘촘히 늘어서 있었다. 쓰루하시는 일본 사회에서 차별을 받는 재일코리안이 밀집해 있던 가난한 지역인 한편, '쓰루하시에 살면서 배를 곯는 것은 불가능하다'고 할 정도로 신선한 식재료와 식당들에 둘러싸인 곳이었다.

　어머니는 먹는 거에 돈 아끼면 안 된다고 입버릇처럼 말하며 어린 나를 자전거 뒷좌석에 태우고 쓰루하시 도매시장을 누볐다. 생선 가게에서 아직 펄떡거리는 신선한 해산물을 사, 남편에게 줄 제주도식 생선국과 회를 만들었다. 한창 자라는 아이들을 위해서는 꼬리곰탕이나 고기를 준비했고, 생일이 되면 스테이크를 구워 주었다.

재봉 일을 그만둔 후에는 오피스 가街인 히고바시의 빌딩에 입점한 그릴 레스토랑 지배인이 되었고, 선물로 맛있는 경양식을 받아 오곤 했다. 높은 요리 모자를 쓴 레스토랑 셰프들이 여분의 햄버그와 스튜 등을 챙겨줬던 것이다. 저녁까지 일하고 나서야 네 아이가 기다리는 집으로 돌아올 수 있었던 어머니는 셰프들의 마음 씀씀이에 깊이 고마워했다. 학교에서 돌아온 오빠들은 '히고바시 기념품'을 목 빠지게 기다렸다.

'조선인 부락'이라 불리며 가난한 거리의 대명사였던 이카이노에서 자라면서도 오빠들과 나는 데미그라스 소스라든가 햄버그 같은 요리에 익숙했다. 집에서 양식을 먹을 때는 포크와 나이프를 사용하기도 했다. 그렇게 자란 오빠들이 북한의 식생활을 견딜 수 있을 리 만무했다. 특히 북송 당시 열네 살이었던 셋째 오빠 건민은 매운 음식을 싫어해서 김치는 입에도 대지 못했다.

어머니는 북으로 간 오빠들에게 편지를 쓸 때마다 '불편이야 하겠지만 되도록 현지인과 같은 생활을 하도록 노력하라'고 당부했다. 합숙소에서 생활하는 오빠들에게 소포를 보낼 때도 의류와 약품, 학용품 정도만 챙겼다. 같은 합숙소 친구들의 부모님에게서 온 소포에는 인스턴트 라면이나 과자 등 먹을거리가 잔뜩 들어 있어 오빠들은 무척 부러워했다고 한다. 편지로 음식을 보내달라고 해도 어머니는 '인스턴트는 몸에 안 좋다. 친척들에게 돈을 부치면서 사식을 넣어달라고 부탁해뒀다'고 답했다. 실제로 먼저 북에 건너가 있던 이모나 사촌이 어머니의 부탁을 받고 김밥 같은 것을 가져다준 적도 있다. 하지만 오빠들은 언제나 배가 고팠다고 했다.

어머니는 항상 아들들의 편지를 기다렸다. 어느 날 저녁, 아버지가 귀가하기 전 북에서 편지가 도착했다. 거실 다다미에 앉은 어머니가 봉투를 열어보니 흑백사진이 들어 있었다. 그때까지 오빠 편지에 사진이 같이 온 적은 없었기 때문에 어머니도 나도 약간 놀랐다. 사진은 어두웠고 핀트가 안 맞았다.

"흑백사진이네!" 나는 소리쳤다. 컬러사진이 익숙했기 때문에 신기했다. 어머니는 손에 든 사진을 응시하다 비명을 삼키듯 낮은 신음을 흘리며 마치 누구에게도 보여주지 않으려는 것처럼 뒤집어서 무릎 위에 올렸다. 그러고는 믿을 수 없다는 표정으로 나를 바라보다가 다시 사진으로 눈을 떨궜다. 오열을 억누르려고 한 손으로 당신 입을 틀어막았다. 나는 다른 손에 들린 사진을 들여다보았다. "이거 누구야? 오빠?" 빼빼 마른 소년이었다. 어머니는 아무

대답도 없이 그 자리에서 사진을 찢어버렸다. "아버지한테 말하면 안 돼." 어머니는 조각난 사진을 양손에 쥔 채 소리 죽여 흐느끼고 있었다. 소년은 셋째 건민이었다. 편지에는 '조국의 품에 안겨 김 일성 원수님의 자비 속에 건강합니다. 열심히 공부하고 있습니다' 라는 문장이 지푸라기처럼 옅은 갈색 편지지에 적혀 있었다.

그날 이후 어머니는 아들들에게 보내는 소포에 음식을 넣기 시작했다. 진공포장한 떡, 복숭아와 파인애플 통조림, 초콜릿, 인 스턴트 라면 등을 항공우편 제한 중량이 빠듯하게 눌러 담았다. 쌀 이나 팥을 담고는 '친척 집에 가져가서 주먹밥이랑 떡을 만들어달 라고 해라'라는 편지를 함께 넣었다. 오빠들은 소포에서 '삿포로 이치방 라멘'을 발견했을 때, 얼싸안고 환호를 지르며 기뻐했다고 한다. 당시 일본에서 출시된 지 얼마 안 된 컵라면을 먹을 때는 진 심으로 감동했고, 동났을 때는 눈물이 날 만큼 슬펐다고 했다. 합 숙소의 젊은 귀국자들은 부모가 보내주는 음식을 나눠 먹으면서 배고픔을 달랬다. 어머니는 북에 자식을 보낸 같은 처지의 어머니들과 정보를 공유하며 늘 다음에 보낼 소포의 내용물을 구상했다.

1980년대에 들어서자 북으로의 방문길이 열렸다. 북송 사업처럼 편도 표만 손에 들고 가던 시대가 끝난 것이다. 조총련과 그 산하단체 및 조선학교 학생 대표단, 일본의 정치가들, 북과 무역 및 기술 지도로 연계된 일본 기업, 재일코리안 기업, 친선 교류 목적 예술단 등 단체 방문이 빈번히 이루어졌다. 조총련과 산하단체는 사상 교육을 위한 강습회를 활발히 열었다. 단기 강습회는 2주, 장기 강습회는 3개월간 북에 체류할 자격이 주어졌다.

어머니도 총련 산하 여성 동맹 대표단의 일원으로 평양에 방문했다. 아들들을 만나고 싶은 마음에 장기 강습회에도 적극적으로 참여했다. 그러나 대표단 방문이나 강습회의 경우, 부모 자식 사이라고 해도 호텔에서 짧은 면회만 허락되어 오빠들의 실생활을 차분히 들여다보기는 어려웠다.

이윽고 어머니는 북에 있는 가족과 친척을 만나기 위해 '가족 방문단'을 신청하게 되었다. 가족 방문단은 체류 기간 대부분을 가족이 살고 있는 집에서 보낼 수 있었다. 지방 도시에 살고 있는 가족을 방문하는 것도 가능했다. 어머니는 세 아들이 사는 평양과, 부모님과 동생들이 사는 신의주나 원산 아파트에 머물면서 북의 현실을 알게 됐다.

보통 일본에서 온 방문객이 쇼핑을 하고 싶어 할 때는 외화 백화점으로 안내를 받는다. 해외 방문객과 외화를 보유한 북한 주민만 쇼핑을 할 수 있는 백화점이다. 일본 엔화를 '외화와바꾼돈표'로 교환해 전기제품, 가구, 의류, 일용품, 화장품, 주류, 식품 등 일반 북한 주민의 연봉으로도 구입할 수 없는 고급 외제품을 살 수 있다. 그곳에는 일본에서는 오래되어 팔리지 않는 물건들이 놀라운 가격표를 달고 진열되어 있었다.

북한 돈으로 쇼핑을 할 수 있다는 대로변의 백화점이나 상점은 보여주기 식에 지나지 않아서 관광객들은 안에 들어가도 쇼핑을 할 수 없다. 진열된 상품을 사고 싶다고 하면 점원은 판매할 수 없다고 말한다. 재고가 전혀 없다는 것이다. 2000년대 초에는 평양 시내 중심가조차 그런 상황이었다.

어머니는 현지 물정을 파악하고자 암시장을 찾았다. 국외인은 절대 출입 금지라고 알려진 곳이었다. 어머니가 드나들었다는 사실이 발각되면 안내한 오빠들까지 큰일 난다는 것을 알면서도 어머니는 가야만 했다. '진짜' 물가를 알아야 했기 때문이다. 방문단을 수행하는 안내인들은 급여나 물가에 대해 물어보면 어물쩍 넘어갔고, 오빠들에게 설명을 들어도 혼란스럽기만 했다. 어머니는 당신이 보낸 외화로 먹을 것을 얼마나 살 수 있는지 알고 싶었다. 그래야 아이들이 영양실조에 걸리지 않을 만큼 보내줄 수 있으니까.

어머니는 일본에서 온 방문객임을 들키지 않도록 친척의 옷과 신발을 빌려 입고 오빠들과 평양의 암시장을 돌아다녔다. 대로 변에 있는 깨끗한 국영 백화점이나 상점에는 살 수 있는 물건이 거의 없었지만, 얼핏 더러워 보이는 암시장에는 배를 채울 수 있는 먹거리가 넘쳐났다. 신선한 계란, 고기, 생선, 막 뽑아낸 국수, 방금 찐 떡, 조미료, 건어물, 무엇보다 쌀이 있었다. 여기에도 음식이 있구나 안도하는 마음도 잠시, 가격을 듣고 현기증이 일 정도로 놀랐다. 일반 시민의 월급으로는 감히 꿈도 못 꿀 가격이었다. 계란 열 개, 식빵 한 줄, 백미 5킬로그램이 국가공무원 월급 한 달치에 달했다. 어머니는 머릿속으로 계산기를 두드리면서 암시장을 돌았다. 도로가 포장되지 않은 뒷골목에서 돌아오자 구두는 진흙투성이었다.

아무리 성실하게 일해도 월급만 가지고는 생활이 불가능하다는 사실을 깨달았다. 식량 배급으로 배를 채우는 건 어림도 없는 일이었다. 북한 주민들은 모든 수단을 동원해서 돈을 마련하고 물물교환을 하고 친척에게 의지하고 연줄을 써서 살아남았다. 절도와 사기도 횡행하는 가운데, 북에 친척도 연줄도 없는 귀국자는 일본에 있는 가족에게 의지하는 수밖에 없었다. 어머니는 가족이 전부 북으로 건너가 일본과 연이 끊긴 귀국자는 실로 고통스러운 처지에 놓인다는 소식을 들었다.

아이들을 북에 보냈다고 후회할 여유는 없었다. 어머니는 그저 세 아들이 영양실조에 걸리지 않고 공부에 집중할 수 있도록,

졸업한 다음에 건강히 일할 수 있도록, 결혼해서 가정을 이루고 가족들이 웃는 얼굴로 밥을 먹을 수 있도록 그들을 지키기 위해서 살겠노라 다짐했다. 손주들이 태어나자 어머니의 결심은 신념이 되고, 다시 집념이 되었다. 무언가에 씐 것처럼 소포를 보내고 북을 방문하는 어머니에 아버지마저 혀를 내두를 정도였다.

어머니는 상자 가득 식료품을 담았다. 우동 면이나 소면, 참기름, 설탕, 떡, 쌀, 라면까지 넣고 나면 항공우편 운송료는 매우 비싸졌다. 그뿐만 아니라 가족이 입을 정장, 평상복, 운동복, 잠옷, 속옷, 양말, 방한복, 방한화 등 계절에 맞춰 입고 신을 의류도 빼먹지 않았다. 커튼과 슬리퍼는 물론, 냄비와 식기 같은 일용품도 있었다. 란도셀♦, 가방, 연필, 연필깎이, 지우개, 볼펜, 노트, 사전 등 손주들의 학교생활에 필요한 물품들도 챙겨 보냈다. 화장실에 설치할 환기팬, 자전거, 축구공, 농구, 배드민턴 용품까지 있으면 좋다더라 들은 것은 전부 보냈다. 심지어 조총련계 무역회사가 니가타에 세운 전문점을 통해서 오빠들 아파트에 맞게 개량한 욕조까지 하나씩 보냈다. 어머니가 보내는 소포들은 포장이 깔끔하고 내용물이 충실해서 북한 검열관들 사이에서도 유명했다. 짐을 열어본 한 검열관이 자신에게도 한 상자 보내달라고 말을 흘렸을 정도

♦ 일본 초등학생들이 사용하는 박스형 가죽 가방.

라고 한다.

〈디어 평양〉에는 항공우편물 중량 제한을 넘기지 않도록 집에 있는 저울로 연필 무게까지 잴 만큼 세심하게 짐을 싸는 어머니의 모습이 담겨 있다. 수십 그램이라도 여유가 있으면 작은 과자를 하나 더 넣어서 제한 중량에 딱 맞춰 우체국으로 가져갔다. 어머니는 아들 가족뿐만 아니라 평양과 지방에 사는 친척들에게도 그 역할을 계속했다. 항공편과 배편으로, 방북할 때는 직접 나르는 작업은 45년 동안 이어졌다.

어머니는 짐을 싸면서 항상 웃고 있었다. 불평하거나 슬퍼하기는커녕 오히려 행복해 보였다. 세 아들과 며느리들, 성장에 따라 커져가는 손주들의 옷과 신발 사이즈를 모두 외우던 어머니는 메모도 보지 않고 완벽하게 물품들을 준비했다. "싸우지 않게 각자 봉투에 이름을 써주면 되겠다. 받는 사람도 자기 이름이 있으면 기쁠 거 아니니." 어머니는 매직으로 봉투에 가족들의 이름을 썼다. 그러나 나는 짐을 싸는 어머니가 보기 싫었다. 뭔가에 홀린 것처럼 돈을 보내는 어머니 모습에 좌절했다. 다른 사람들에게 '아들과 손주들은 조국 덕분에 건강합니다' 자랑하는 이중적인 태도에는 반발심까지 느끼고 있었다.

언제까지 이런 삶을 지속할 셈인지, 오빠들 가족은 언제 자립할 생각인지, 받기만 하는 생활에 익숙해져버린 것은 아닐지 걱정스러웠다. 게다가 북에 있는 가족들이 어머니가 늙고 나면 나를 찾게 될까 봐 두려웠다. 실제로 나에게 돈을 마련해달라는 편지를 보내온 친척도 있었다. 그럴 때 어머니는 "이런 짓은 나만 하면 돼. 부모니까 하는 거지"라며 웃음 지었다.

지금에 와서야 짐을 싸던 어머니의 미소를 조금은 이해할 수 있을 것 같다. 어머니 눈에는 일본에서 온 상자와 봉투를 열어보고 기뻐할 가족들의 얼굴이 보였던 것이다. 오직 그 생각 하나만으로 살아왔을 것이다. 볼 수 없는 가족의 웃는 얼굴을 매일매일 떠올리면서, 그 얼굴에 그늘이 지지 않도록 다음번 소포에 무얼 담을지 궁리했을 것이다. 만나지 못하는 쓸쓸함을 상상으로 메우고 있었을 것이다. 어머니는 45년 동안 "부모밖에 못 하지"를 몇 번이나 중얼거렸을까.

식탁을
사이에 두고

　〈디어 평양〉을 본 관객 대부분이 나와 아버지가 예전부터 사이좋은 부녀 관계였다는 인상을 받나 보다. 그럴 리가. 가족 다큐멘터리를 만들려는 딸이 10년 동안 부모님과 마주하려고 노력한 끝에 겨우 만들어낸 관계다. 무너진 가족을 재구축하는 데 캠코더가 중개 역할을 했다고 할 수 있다.

　나는 4남매의 막내로 태어났지만, 오빠들이 북송 사업으로 북에 건너간 후 외동처럼 자랐다. 일곱 살이 되었을 때 식탁을 둘러싸는 가족은 부모님과 나, 셋뿐이었다. 금슬 좋은 부모님이 나누는 대화를 들으며 어머니의 요리를 먹는 식탁은 즐거움의 장場이었다. 하지만 사춘기가 지나고 가치관이 변화하면서 나는 점점 부모님의 대화에 위화감을 느끼기 시작했다. 여전히 잉꼬부부인 부모님 사이가 부러운 한편, 절대적으로 북조선을 지지하는 전체주의자 아버지와 어머니의 대화는 듣는 것만으로도 고통스러웠다. 조직의 충실한 활동가인 부모님이 맹목적이고 편협한 어른으로 보였다. 나는 북조선을 조국이라 가르치는 조선학교에 다녔지만, 학교 바깥에서는 일본과 서구 문화를 접하면서 자아를 형성해가고 있었다. 결국 학교에서 강요하는 '충성심'이라는 단어에 알레르기 반응을 보이게 되어, 황홀한 표정으로 충성의 노래를 부르는 부모님과의 식사 자리를 피하기 시작했다.

"일본에 남은 자식이라고는 너 하나밖에 없잖니, 적어도 한 달에 한 번은 집에 와서 같이 밥 먹자. 정치 이야기는 안 해도 되니까 그냥 밥만 먹어. 같은 오사카에 살면서 왜 이렇게 딸내미 얼굴 보기가 어려운지 나도 이유를 모르겠다. 저래 봬도 아버지는 섭섭하신 거야. 좀 알아드려." 조총련 오사카 본부의 간부였던 아버지와 같은 길을 걷기로 한 어머니가 이데올로기 차이로 이십대 후반부터 독립해서 살고 있던 나에게 부탁했다. 세 아들을 북조선에 보내고, 일본에 하나 남은 딸하고도 멀어지면 가족이 붕괴해버린다는 것이었다.

나는 한 달에 한 번이라는 말에 마지못해 쓰루하시 집에 얼굴을 내밀고 저녁을 먹었다. 가정의 평화를 유지하기 위한 중대 이벤트답게 어머니는 솜씨를 발휘했다. 여름이면 제주도 출신 아버지가 특히 좋아하는 자리회를 만들었다. 볼락조림은 한 사람당 한 마리씩 나눠주었고, 나물도 여러 종류가 올라왔다. 겨울이면 아귀나 복어로 아버지와 내가 좋아하는 전골 요리를 준비했다.

"맛있네. 이게 제일 좋은 복어야. 양식이 아니라 자연산이야. 밥까지 말아서 다 먹어. 혼자 사느라 뭘 제대로 먹기나 하겠어?" 어머니는 혼자 떠들면서 장례식장 같은 식탁 분위기를 바꿔보려고 노력했다. 아버지와 나는 서로 말도 섞지 않고 웃지도 않고 묵묵히 밥만 먹었다. 반주를 곁들이는 아버지의 식사 시간은 늘 길어서 전골이 올라오는 날은 더욱 곤혹스러웠다. 무거운 공기를 견디다 못한 내가 도중에 방으로 도망쳐서 휴식을 취하고 있으면, 어머니는 아버지가 국물에 밥을 말 때쯤 나를 부르러 왔다. 소리 없이 식사를 마치는 날은 그나마 평화로운 축에 속했다. 대부분은 결국 아버지와 말싸움을 벌이고, 어머니는 뜯어말리고, 나는 화가 나서 집을 나가는 패턴이 반복됐다.

예를 들어 TV 뉴스 프로그램에 북의 군사 퍼레이드나 매스게임이 나오면 이런 식이었다.

"봐봐. 저 많은 사람의 움직임이 딱딱 맞잖아. 우리 조국밖에 못 해. 대단하지." 아버지.

"저기 참가한 사람들은 집에 돌아가면 따뜻한 물에 샤워나 할 수 있으려나? 평양에 있는 새언니가 학생들이 매스게임 연습하는 동안 학부형들은 밥 짓는 데 동원돼서 힘들다고 그러던데. 그리고 저 퍼레이드는 뭐야? 김일성 주석 시절에는 핵무기에 반대하더니 요즘엔 군사행동으로 외교를 하네, 야쿠자도 아니고." 나.

내 딴에는 아버지 앞이라고 '김일성' 대신 '김일성 주석'이라고 부른 배려를 알아주길 바랐지만 터무니없는 생각이었다. 알코올이 들어간 아버지의 분노란 그야말로 '사랑과 증오는 종이 한 장 차이'의 본보기라고나 할까.

"네가 조국에 대해 뭘 안다고! 건방지게!" 이어서 아버지의 일장 연설이 시작되면 나는 거부 의사를 표명하기 위해 식탁 의자를 뒤로 빼며 기세 좋게 일어난다. 그러고는 곧장 쿵쿵 발을 구르며 계단을 올라가 2층 복도를 지나 3층에 있는 내 방으로 향한다. 절대적 부권의 압정壓政에 굴하지 않고, 가정 내 '언론의 자유'를 지키기 위한 최대치의 저항이었다.

'북한이 그렇게 좋은 나라면 본인이 가면 되잖아. 일본에 살면서 북한 체제를 지지하다니 아주 속 편하네. 비겁하지 않아?' 쏘아붙이고 싶은 마음을 억누르고 발 망치로 항의하는 '효녀'인 나 자신이 한심했다. 내 방에 숨어 차마 입 밖으론 꺼내지 못하는 '오빠들을 돌려줘'라는 문장을 곱씹으며 눈물을 흘렸다.

'아들을 돌려줘!' 가슴속으로 수없이 외쳐댔을 부모님의 회한을 생각하면 누구에게 터뜨려야 할지 모를 분노가 솟구쳤다. 동시에 북송 사업의 선봉장이었던 부모님의 설득으로 북에 건너간 사람들을 생각하면 부모님을 규탄하고 싶어졌다. 세 아들과 가족들을 볼모로 만든 부모님을 결과만 놓고 공격하려는 스스로가 유치하게 느껴질 때도 있었다. 입 밖으로 뱉지 못하고 삼켜버린 생각들이 끝없이 머릿속을 맴돌아서, 원룸으로 돌아갈 때쯤이면 부모님과 한 공간에 있다는 것만으로 지쳐버렸다.

오빠들과의 추억이 서린 집이라고 하기에는 함께 보낸 시간이 너무 짧았다. 너무도 짧아서 특별할 것 없는 일상도 가슴에 박힐 만큼 소중한 기억이 됐다. 조총련 커뮤니티에서는 '영광의 귀국'을 한 오빠들을 칭송하며 남은 가족들의 상실감을 '명예'로 메울 것을 강요했다. 어린 마음에도 오빠들이 행복해질 수만 있다면 된다고 스스로를 달래며 외로움을 견뎠다. 주변 어른들은 '민족 차별이 만연하는 일본에서 고생하는 것보다 차별 없는 조국에서 고생하는 게 낫다. 5년쯤 지나면 조국 통일이 이루어지고 남북도 일본도 자유롭게 왕래할 수 있을 것이다'라며 꿈같은 소리를 했다. 당시에 그런 말은 확실히 꿈같은 이야기였지만, 재일코리안을 둘러싼 일본 상황 역시 악몽 같았다.

오빠들과 생이별을 한 나에게 집은 고뇌의 장소이자 과호흡이 올 정도로 수많은 생각에 휩싸이게 하는 공간이다. 1층에는 거실, 부엌, 목욕탕이 있다. 말하자면 부모님과 공유하는 공간이다. 어머니는 거실과 부엌 벽 여기저기에 아들과 손주, 며느리들 사진을 크게 인화해서 걸어두었다.

2층에는 안방과 창고로 쓰는 방이 있었다. 안방 문 위에는 김일성과 김정일의 초상화가 걸려 있었다. 침실에 웬 초상화냐고 물어보니 어머니는 남향인 우리 집에서 가장 볕이 잘 드는 방이기 때문이라고 했다. 초상화 왼쪽에 김일성과 총련 대표단원 열한 명의 기념사진이 있었다. 아버지가 김일성 바로 뒤에 자리한 사진은 집안의 가보로 다루어졌다. 초상화 오른쪽에는 부모님의 방북 기념 단체 사진이 든 액자가 줄지어 있었다. 김일성과 김정일을 위시한 200명의 총련 대표단원들 사이에는 당연히 부모님 얼굴도 있었다.

2층 창고에는 어머니가 북에 보내기 위해 쟁여둔 구호물자가 순서를 기다리듯이 쌓여 있었다. 속옷, 의류, 학용품, 약품, 각종 일용품, 냄비와 식기 등 직접 산 것부터 결혼식에서 받은 답례품까지 차곡차곡 정리되어 있었다. 책장에는 김일성의 저서와 '북조선 혁명문학 시리즈' 등 아무도 읽지 않는 필독서가 책장을 빼곡히 채웠다. 간단히 말하자면 1층은 평양에 있는 가족들 사진으로, 2층은 김일성 사진과 책으로 가득했다. 마치 집 전체가 저주를 받은 듯해서 질식할 것만 같았다. 하필 왜 이런 집에서 태어난 건지 내 운명이 한탄스러웠다.

오로지 3층 내 방에서만 숨을 돌릴 수 있었다. 방에는 교과서 말고는 북과 관련된 것이 하나도 없었다. 오빠들 사진도 북에서 받아온 선물도 장식하지 않았다. 벽에는 뉴욕 지하철노선도를 붙이고 책장에는 해외문학, 일본문학, 한국문학, 잡지, 연극, 영화 관련 서적들을 채워 넣었다. 음악은 대부분 재즈, 클래식, 샹송, 영화음악, 팝송 등 서양음악이었고 일본과 한국 가요도 있었다.

2층에 올라가면 이루 말할 수 없는 위압감이 들었고, 3층 내 방에 도착하면 마치 공산권의 감시 체제를 뚫고 자본주의국가에 당도한 기분이었다. 나는 2층 복도에서 3층으로 올라가는 계단을 '베를린장벽'이라 명명하고 2층을 동독, 3층을 서독이라 불렀다. 우리 집에 놀러 온 친구들도 그 이름에 찬성했다. 당시 우리 중 누구도 베를린에 가본 적은 없었지만.

옛날 생각에 빠져 있는데, 어머니가 과일과 차를 들고 방에 들어왔다. "말을 좀 더 예쁘게 못 하겠니? 일본에 하나밖에 없는 딸이 말을 그렇게 하면 아버지가 섭섭하시잖아. 자기 방도 있으면서 월세 아깝게 굳이 나가서 살고 말이야. 이제 그만 들어오는 게 어때?" 그럴 때면 나는 못 들은 척 차를 홀짝이며 과일을 먹어치우고 집을 나섰다. 쓰루하시역까지 걸어가서 지하철을 타고 원룸으로 돌아갔다.

당시 연극에 빠져 있던 나는 찻집에서 아르바이트를 하면서 생활비를 벌었다. 작은 법률사무소나 건축사무소가 들어선 오피스 타운에 자리한 가게에서 아침 7시부터 저녁 6시까지 청바지에 스니커스 차림으로 커피를 날랐다. 오전에는 아침 메뉴를 내느라 바빴고 오후에는 주변 회사나 사무실에 커피와 샌드위치, 스파게티와 카레라이스를 배달하느라 분주했다. 시급은 높지 않았지만 세 끼 식사가 나와서 식비를 아낄 수 있었다. 유니폼이 아닌 사복을 입고 일할 수 있다는 점도 마음에 들었다. 카운터 석 안쪽에서 요리를 하던 점장은 늘 빨간 펜을 귀에 꽂고 경마 신문을 읽었다. 그녀는 입버릇처럼 '욘짱, 남자 고민이라면 말만 해' 하고 말했다. 점장에게 집에 걸려 있는 초상화에 대해 털어놓으면 어떨까 상상해본 적도 있지만, 실행한 적은 없었다. 정치 이야기를 꺼내지 않는 점장과 보내는 시간은 평온했다. 그녀가 경마 신문을 읽는 동안 나는 소설을 읽었다.

　　밤이 되면 연극 연습과 자금 마련에 동분서주했다. 내가 몸담았던 극단은 재일코리안이 중심이 되어 창립한 지 얼마 안 됐던 곳으로, 극작가가 쓴 오리지널 작품을 일본어와 조선어로 상연했다. 나는 제작 담당이어서 공연일이 다가오면 광고를 모집하고 티켓을 판매하기 위해 뛰어다녔고, 가끔은 배우로 무대에 설 때도 있었다. 극단이 매체에 소개되기 시작하고 공연을 거듭하면서 관객이 많아지자 인맥도 늘어나기 시작했다. 1990년대 초반 버블경제의

여운 속에서 윤택하게 지내던 친구들과는 상반되는 궁핍한 생활이었지만, 누구에게도 구속받지 않고 '나는 지금 무엇을 하고 싶은가'만 생각하며 충실한 하루하루를 보냈다.

어머니와 약속한 대로 한 달에 한 번은 집에 가서 저녁을 먹었다. 그리고 어김없이 아버지와 말다툼을 했다. "대학 나와서 고등학교 선생님까지 하던 사람이 커피 나르는 거 말고 할 일이 없냐? 연극? 딴따라 흉내를 내다니 한심하다. 예술가가 되려면 북조선으로 귀국해! 일본에서 조선인이 어떻게 예술을 하니. 라디오나 TV에 나갈 수나 있다니? 꿈같은 소리 마라. 동네 사람들, 우리 딸이 미쳤어요! 빨리 동포랑 결혼해서 애 낳을 생각은 안 하고!" 나는 아버지 성량에 지지 않을 만큼 큰소리를 지르려다 꾹 참았다. 억지로 배에 밀어넣은 말이 속에서 맴돌다 독기를 잔뜩 머금고 입 밖으로 튀어나가려고 했다. '귀국? 저 나라에? 아들을 셋이나 보내고, 장남은 정신병에 걸렸는데 아직도 모자라요? 조선인이든 누구든 일본에서 예술을 할 수 있는지 없는지 해봐야 알지! 이혼해서 돌아온 딸한테 또 결혼을 하라니, 아버지는 학습 능력이란 게 없어요? 교훈을 얻으라고요, 조선인이랑 결혼했지만 잘 안 됐잖아요!'

이렇게 외칠 수만 있다면 얼마나 속이 시원했을까. 민족교육을 통해 뇌리에 박힌 유교사상을 지키려는 모범생인 내가 싫었다. 부모님이나 웃어른에게 말대답을 하면 안 된다는 가르침 아래 성장한 사실이 원망스러웠다.

그전까지 일본 내에서도 소수 중의 소수인, 대다수가 북을 지지하는 작은 재일코리안 사회 안에서만 살아왔다. 스물다섯이 넘어서야 처음으로 일본 사회에 뛰어들었다. 연극 제작을 담당하면서 일본 극장이나 무대 기술자, 미디어 관계자와 교류하는 일이 즐거웠다. 이십대 때는 내가 연극계에 종사하고 있다는 것만으로 행복했다.

서른 즈음부터는 라디오 진행을 맡거나 비디오카메라를 들고 취재를 해서 뉴스 제작도 하게 되었다. 연극이라는 픽션의 세계에서 보도와 다큐멘터리 방송이라는 논픽션의 세계로 옮겨 간 것이다. 그리고 당연하단 듯이 피부처럼 내 몸에 들러붙어 있던 재일, 조국, 조직, 가족을 캠코더를 통해 바라보며 영상으로 표현하게 되었다.

가족과 마주하기. 딸이라는 역할에 갇힌 상태에서 이 소박하고도 장대한 과업에 임하기란 심히 어려웠다. 캠코더라는 장치의 힘을 빌려 속내를 숨긴 관찰자, 인터뷰어, 감독이라는 역할을 스스로 부여함으로써 발을 내디딜 수 있었는지도 모른다. 가족을 찍는다는 것은 결국 내가 어디서 왔는지 파헤치는 행위다. 고통을 수반하는 딸의 행위에 한 번도 그만두라는 말 없이 렌즈를 받아들이는데 얼마큼의 각오가 필요했을까. 영화를 촬영하는 동안에는 자각하지 못했다.

부모님과 내가 식탁을 사이에 두고 웃는 얼굴로 대화를 나누게 되기까지 이런 작은 역사가 존재했다.

마지막
가족 여행

1971년, 오빠들이 북조선에 '귀국'한다고 들었다. 오빠들이
출발하기 얼마 전 가족 여행을 가서 바다가 보이는 온천 여관
에 묵었다. 이것이 처음이자 마지막 가족 여행이 되었다.

• 〈디어 평양〉 중에서

가족끼리 보내는 일요일 같은 건 TV 드라마에서나 볼 수 있는
이야기였다. 활동가인 아버지, 아버지 뒷바라지 때문에 장사를 하
던 어머니는 늘 바빠서 가족 여행은커녕 유원지에도 가본 적이 없
었다. 일요일이면 조총련 대회나 집회가 열렸고, 두 분에게는 가족

보다 동포 모임이 우선이었다.

　그러던 어느 날, 어머니가 바다에 가자고 했다. 미용실에서 들었는지 TV 정보 프로그램을 보았는지 여하튼 갑자기 와카야마현의 나치카쓰우라에 가고 싶다는 말을 꺼냈다. 오빠들은 바다를 볼 수 있다며 즐거워했고, 아버지는 해산물을 먹을 수 있다며 기뻐했다. 어머니는 여행지에서 가족사진을 찍을 생각에 카메라도 새로 살 기세였다. 해수욕 시즌은 지났지만 어머니는 여행 가방에 자식들 수영복을 챙겼다.

　이때 둘째 건화 오빠와 셋째 건민 오빠는 이미 부모님에게 북조선으로 귀국하겠다는 의사를 밝힌 뒤였다. 둘이 다니던 조선고급학교와 조선중급학교에서는 귀국을 결심한 오빠들을 칭찬했다. 차별 없는 조국에서 빛나는 미래가 기다린다고 가르쳤다. 조선대학교 1학년이었던 장남 건오 오빠는 동생들 몫까지 대신해 부모와 함께 일본에서 살 생각이었다.

　열차를 타고 와카야마에 도착하자 오빠들은 신나서 수영복으로 갈아입었다. "다음엔 언제 다 함께 여행할 수 있으려나." 아들 셋을 바라보던 어머니가 무심코 말했다. 어머니에게 달라붙어 있던 나는 또 오면 되는데 왜 그런 식으로 말하냐고 했다. 다시 바다에 올 수 없을 정도로 누가 아픈가 생각했을 정도다. 수긍이 가지 않던 어머니의 한마디는 그 후 오래도록 기억에 남았다.

바다에 가자고 한 건 당신이었는데, 기쁘게 숙소를 예약하고 열차표를 샀는데, 모처럼 바다에 왔는데 어머니는 어쩐지 쓸쓸해 보였다. 나는 수영복은 입었지만 수영을 못 해서 모래사장에 앉아 뛰노는 오빠들과 파도를 바라보았다. 해변에서 여섯 식구가 사진을 찍었다. 오빠들이 일본에 있을 때 사진관에서 찍은 것을 제외하고 우리 가족이 다 함께 찍은 사진은 그 한 장뿐이다.

가을이 되고 집 근처 사진관에서 가족사진을 찍었다. "가기 전에 여섯이서 사진을 찍어둬야지." 어머니는 여러 번 말했었다. 그때는 무슨 뜻인지 몰랐다.

나는 지금도 수영을 못 한다. 그리고 바다를 무서워한다. 가족여행을 떠올리지 않기 위해 바다를 피했고, 오빠들을 배웅했던 니가타항의 바다도 생각하지 않으려 했다. 푸른 바다가 소중한 것들을 집어삼키고 돌려주지 않는 것 같았다. 바다를 멀리하다 보니 색깔도 싫어졌다. 불과 몇 년 전까지만 해도 파란색 옷을 입거나 물건을 사지 않았다. 나에게 파랑은 무섭고 외로운 색이었다.

'커다란 카메라'를 들고

　'조국 방문의 현관'이라 불리던 원산항. 니가타항에서 만경봉호를 타고 원산항에 도착하면 방북 여정이 시작된다. 1960년대 편도 표를 쥐고 북조선으로 이주하는 북송 사업이 활발할 때, '귀국선'은 니가타항과 청진항 사이를 오갔다. 1980년대 일본과 북조선 사이에 특별 왕래가 시작되고 뱃길은 니가타에서 원산으로 이어졌다. 이른 아침에 니가타를 출발하면 다음 날 도착하는 1박 일정, 늦은 시간대에 출발하면 2박 일정이 되는 여행이었다. 북에 건너간 오빠들을 만나기 위해 '가족 방문 투어'에 참가하려면 길고 긴 여정을 견뎌야 했다. 먼저 오사카에서 니가타까지 비행기로 이동

한 후 투어 참가자들과 호텔에서 1박을 묵는다. 니가타에서 배를 타고 1박 혹은 2박 일정으로 북에 도착한 후, 원산에 있는 호텔에서 1박을 하는 경우도 있으므로 이동에만 사나흘이 걸렸다. 직항편이 있다면 일본에서 세 시간도 걸리지 않을 거리인데, 사나흘을 들여야 겨우 평양에 도착할 수 있다는 현실은 '가깝고도 먼 나라'라는 상투적인 표현을 떠올리게 했다.

니가타항을 떠난 만경봉호는 새벽이 되어서야 원산항 앞바다에 도착했다. 벌써 다섯 번이나 배로 방북한 경험이 있었기에 그 경치의 매력은 익히 알고 있었다. 군사시설이 있다는 이유로 배에서 원산항을 촬영하는 것은 금지되어 있었다. 군사시설에는 흥미도 없고, 가정용 Hi-8 캠코더에 담을 수 있으리라고는 기대도 안 했다. 다만 어슴푸레 드러난 원산 풍경은 북의 현실을 상징하는 것 같았다. 시간이 멈춘 듯, 낡아 빠진 듯, 소박한 듯, 과격한 듯, 베일에 싸인 듯, 시치미를 떼는 듯 미처 무언가를 다 감추지 못한 모습이었다. 날이 채 밝기 전이라 아직 자세히 보이지는 않았지만, 방북할 때마다 바라보던 그 풍경을 떠오르는 아침 해와 함께 촬영할 생각을 하자 두근거렸다. 건물은 더 늘어났을까. 낡은 아파트들은 신축으로 바뀌었을까. 몇 년 만에 다시 만날 원산의 변화를 기대하면서 주변에 사람이 있는지 확인해가며 작은 캠코더를 세팅했다.

근처에 정박한 다른 배의 불빛과 달빛에 의지하며 갑판 한쪽에 자리를 잡고, 꽃무늬 수건과 윗옷으로 감춘 작은 캠코더가 흔들리지 않게 균형을 잡았다. 천천히 하늘이 밝아오면서 안개가 걷히자, 아침 햇살을 받은 원산이 그 모습을 보이기 시작했다. 갑판을 오가는 선원들의 목소리가 들릴 때마다 바짝 긴장했지만, 캠코더가 흔들리지 않도록 손에 집중하고 테이크를 생각하면서 속으로 시간을 쟀다. 항구를 향해 세워진 아파트 옥상에는 '속도전' '전격전' '섬멸전' 같은 과격한 슬로건들이 걸려 있었다. 첫 방북 이후 10년이 넘게 지났건만 배에서 바라보는 원산 풍경은 달라진 게 하나도 없었다. 시간이 멈춘 액자 속의 그림을 보는 듯한 느낌마저 들 정도였다.

원산항의 세관검사는 무척 까다로웠다. 일반적으로 짐 검사는 약물이나 총기류를 단속하고 세관에 신고할 물건을 찾는 것이 목적이다. 그러나 북에서는 해외에서 들여온 모든 인쇄물, 서적, 음악과 영상 CD, VHS 등에 대해 비정상적일 만큼 엄격하다. 우선 전부 몰수한 뒤 평양에 있는 전문 기관에서 검열을 하고 반환하는 시스템이다. 짐 사이사이 틈새를 메우기 위해 구겨 넣은 신문이나 잡지를 비롯한 종잇조각에 이르기까지 '바깥' 정보가 될 수 있는 모든 '매체'를 몰수한다.

따로 부친 짐을 제외한 가방과 캐리어, 캠코더 가방을 검사관이 하나하나 열기 시작했다. 그가 캠코더를 보더니 "커다란 사진기네요"라고 해서 나는 그만 굳어버렸다. 사진기가 아니라 캠코더라고 설명하려고 하자 그는 아직 뜯지 않은 Hi-8 공 테이프 다발을 쳐다봤다.

"음악 테이프가 많네요." 검사관이 말을 이었다. 설마 캠코더를 본 적이 없나? 쓸데없는 설명은 덧붙이지 않기로 했다.

"개봉하기 전 새 테이프는 몇 개든 가져와도 된다는 규칙이 있지요."

"가족 중에 음악가가 있습니까?"

"네, 일제 테이프를 좋아합니다." 나는 겨우 웃음을 참으며 대답했다.

음악용 카세트테이프와 Hi-8 비디오테이프의 크기가 비슷한데다 생김새도 흡사하다는 점이 신의 한 수였다. 일본에는 흔한 가전제품 가게가 평양에는 없다는 사실도 알고 있었기 때문에 여분의 테이프와 배터리도 준비해갔다. 익숙하지 않은 손길로 캠코더를 만지는 검사관에게 "일본에 계신 부모님에게 보여드릴 손주 사진을 많이 찍으려고 커다란 카메라를 가져왔습니다" 웃으며 말했다. 심장이 터질 것처럼 쿵쾅거리던 그때, 사람 좋아 보이는 검사관이 가도 된다며 통과시켜주었다. 안도한 나머지 다리에 힘이 풀렸지만, 서둘러 캐리어와 캠코더 가방을 닫고 세관 앞에 정차해 있던 관광버스에 올라탔다. 학생 때부터 연극 활동을 하며 익힌 연기력이 의외의 장면에서 쓸모를 발휘한 셈이었다.

머릿속은 이미 귀국 걱정으로 가득했다. 2주일 후 이곳 원산항에서 니가타항으로 향하는 배를 타기 전, 다시 검사장에서 짐을 열어야 할 터였다. 가족의 일상을 동영상으로 기록한 수많은 Hi-8 테이프를 어떻게 해야 무사히 일본으로 들고갈 수 있을까. 누구에게도 말하지 않고 혼자 고민해야 할 최우선 과제였다. 자칫 돌이킬 수 없는 결과를 초래할 수도 있었다. 음악 테이프라고 하면 틀어보라고 할지도 몰랐다. 그렇게 되면 애초에 가져온 것이 캠코더와 비디오테이프라는 사실도 발각될 게 분명했다.

고등학생 시절부터 방북을 마치고 출국하기 전 세관검사에서 편지나 필름을 빼앗겨 성을 내다 제 무덤을 파는 사람을 여럿 봐왔다. 그들이 저질렀던 실수는 무엇일까. 당국이 몰수하려는 것은 어떤 기록일까 생각했다. 그리고 무엇보다 중요한 점은, 내가 일본에 돌아간 후에도 이 나라에서 계속 살아야 할 가족과 친척들에게 폐를 끼치면 안 된다는 사실이었다.

평양으로 향하는 고속도로 위 흔들리는 버스 안에서 무엇을 찍어야 할지, 무엇을 찍고 싶은지, 무엇을 찍으면 문제가 될지 죽을힘을 다해 고민했다. 그리고 이전에 사진과 필름을 압수당했던 사람들이 했던 언행은 하지 않도록 조심하자고 스스로를 타일렀다. 특별히 어려운 일은 아니었다. 호텔이나 레스토랑에서 이 나라의 시스템에 대해 비판하지 않을 것(도청, 감시, 신고 위험이 있다), 안내인(감시 관리 감독인)과의 논쟁을 피할 것, 가방에 늘 외제 담배

한 보루를 넣어둘 것, 외화(일본 엔화)를 지니고 있을 것, 가급적 항상 미소를 띤 채로 지낼 것. 불평불만은 일본으로 돌아가서 쏟아내자고 생각할 때마다 오빠들에게 미안한 기분이 들었다.

영화를 만들 수 있을지는 모르지만 어쨌든 찍을 수 있을 만큼 찍는 것이 과제였다. 거기까지 생각한 순간, 온몸에 전율이 흘렀고 곧장 캠코더를 끌어안았다. 지금은 캠코더가 내 눈이야, 눈에 비치는 모든 것을 찍기로 다짐하고 버스 차창 너머 원산과 평양 사이의 시골 풍경을 촬영했다. 밭 상태가 좋지 않다는 것을 한눈에 알 수 있었다. 큰 돌이 여기저기 눈에 띄고, 땅을 가는 황소도 너무 말라서 큰 개로 착각했을 정도다. 밭일을 하는 사람들을 보다가 문득 아무도 버스를 향해 손을 흔들거나 웃지 않는다는 사실을 눈치챘다.

1980년대에 방북했을 때는 농촌 사람들이 일손을 멈추고 일본에서 온 방문단 버스를 향해 손을 흔들어주어 놀랐던 기억이 있다. 어른 아이 할 것 없이 땅에 쪼그려 앉아 작업을 하다가도 버스가 지나가면 일어나서 손을 흔들거나 경례를 보냈다. 버스에 탄 방문단 사람들도 기쁘게 손을 흔들며 화답했다. 나는 그들이 손을 흔드는 것이 본인의 의지인지 의무인지 몰라 복잡한 마음이 들어 웃을 수 없었다.

몇 년 만에 보는 북한 주민들이 이제는 지나가는 버스를 신경 쓰지도, 방문객을 향해 손을 흔들지도 않는 모습에 오히려 이것이

'정상'이라는 생각이 들어 안심까지 됐다. 그러나 어딘가 이상했다. 사람들 얼굴에서 미소가 사라져 있었다. 현지인들의 눈매는 날카로웠고, 때로는 적의까지 느껴졌다.

"위대한 지도자님 아래, 조선은 세계에서 유일하게 정당한 사회주의의 길을 걷고 있으며 우리 인민에게는 승리가 약속되어 있습니다"라는 버스 가이드의 진부한 멘트에도 "비록 지금은 '고난의 행군'을 견뎌야 할 시기지만"이라는 등 이전까지는 들어본 적 없던 본심이 섞여 있었다. 창밖으로 보이는 풍경, 사람들의 표정과 겹치는 교조적인 말에 더욱 마음이 쓰렸다. 평양에 도착하고 나서도 오가는 사람들의 표정을 주시하기로 마음먹었다.

평양 시내에 들어선 버스는 만수대 언덕 방면으로 향했다. 만수대의사당과 조선혁명박물관 등을 지나서 언덕 위에 있는 김일성 동상 앞에 도착했다. 해외에서 평양을 방문하는 모든 사람이 거쳐야 하는 통과의례다. 이 거대한 동상에 헌화 참배를 마쳐야 이윽고 평양의 시계가 움직이기 시작한다. 평양을 찾는 사람이라면 누구도 이 '의식儀式'에서 벗어날 수 없다. 동상에 예를 차리라고 강요받을 때마다 화가 났지만 쓸데없는 트러블은 피하고 싶어서, 무엇보다 가족이 기다리고 있을지도 모를 호텔로 빨리 가고 싶어서 조용히 인사를 했다.

문득 고등학교 2학년 때의 첫 방북이 떠올랐다. 마찬가지로 원산에서 고속도로를 지나 이 자리로 옮겨진 모두가 고개를 숙일 때, 나 혼자 멍하니 동상을 쳐다보고 있었다. 그러자 누군가가 내 뒷머리에 손을 얹고 억지로 고개를 숙이게 했다. 몇 초 후 다시 머리를 들 때까지 그 손은 계속 내 머리를 누르고 있었다. 고개를 들고 부동자세에서 풀려난 후 뒤를 돌아보았지만 아무도 없었다. 머리를 누르다니, 부모도 한 적이 없는 짓이었다. 형용하기 어려울 정도로 소름 끼치는 굴욕감을 맛보았다.

열일곱의 기억을 교훈으로, 그곳에 도착하면 일단 머리부터 숙이게 되었다. 동상에 인사라니 우스꽝스러움의 극치 아닌가. 일본 안에서, 태어나 자란 커뮤니티의 이런 의식에서 겨우 빠져나와 사는 사람에게 말이다. 한순간이었지만 목이 졸리는 것 같았다. 'NO'라고 말할 수 없고, 말하지 않는 스스로가 한심하게 느껴지는 곳이었다. 그리고 다시금 통감했다. 평양에 왔지만 가족 말고는 아무것도 필요 없다고. 나는 위대한 조국을 방문한 것이 아니라 단지 가족이 살고 있는 곳에 그저 가족을 만나러 온 것뿐이라고.

할머니 할아버지
감사합니다

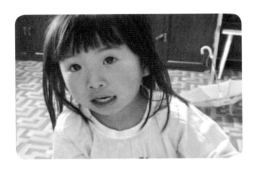

어린아이를 포함한 모든 북한 사람은 현지 매체의 카메라 앞에서든 해외에서 취재를 온 인터뷰에서든 "장군님 덕택에 행복합니다. 감사합니다. 충성을 맹세합니다"라고 말한다.

평양에서 나고 자란 양씨 집안 아이들은 〈디어 평양〉에서 "할머니 할아버지 감사합니다. 많이 보내주셔서 고맙습니다"라고 말한다. 조부모를 향한 소박한 감사 인사처럼 보이는 이 말이 실은 강렬한 아이러니라는 것을 파악한 사람은 얼마나 있을까.

뉴욕에서
평양으로

　　2001년 가을, 가족이 모두 모여 아버지의 칠순을 축하하고자
부모님과 함께 평양을 방문하기로 했다. 오빠들이 북으로 건너간
1971년 이후, 부모님과 나는 각자 일정에 따라 북에 갔다. 어머니
는 장남이 정신적 문제를 겪게 되자 30년간 매해 평양을 찾았다.
아버지는 조총련 대표단의 일원으로, 나는 조선학교의 학생 방문
단이나 가족 방문단으로 평양에 갔다. 어쩌다 부모님 두 분, 나와
아버지, 나와 어머니의 체류가 겹치는 경우는 있었으나 셋이 함께
가는 것은 처음이었다. 실로 30년 만에 여섯 식구가 한자리에 모이
게 됐다. 다시 한번 다 같이 가족사진을 찍고 싶다고 입버릇처럼

말하던 어머니의 소원이 드디어 이루어지려던 참이었다.

　　일본과 북에 흩어져 사는 가족이 모이기 위한 선택지는 평양 뿐이었다. 북에 사는 사람은 해외는커녕 국내 이동도 자유롭지 않았다. 거주지 이외의 도시를 방문할 때는 여행증명이 필요했는데 특히 평양 출입은 심사가 엄격했다. 북에 있는 가족이 국외로 나올 수 없다면 일본에 사는 우리가 갈 수밖에.

　　아버지는 이미 일흔넷이었으므로 고희연이라고 주장하기는 다소 애매했지만, 부모님에게는 소정의 목적이 있었다. 오빠들뿐만 아니라 지방 도시에 사는 먼 친척들까지 평양으로 불러 모아 성대한 잔치를 여는 것이었다. 칠순 잔치는 지방에 거주하는 사람이 평양으로 갈 통행 허가증을 얻기 위한 '공식' 사유였다. 정년퇴직 후 조총련 오사카 본부의 간부가 된 아버지는 칠순 잔치를 당신이 건강할 때 해야 할 마지막 임무라고 생각했다. 6.25전쟁 전에 제주도에서 오사카로 갔다가 차별과 빈곤을 견디지 못하고, 북송 사업으로 북에 넘어간 친구들도 초대해야 한다며 목록을 작성하고 있었다.

　　"사람들을 옥류관에 불러 모아 기념사진을 찍은 다음에 크게 뽑아서 돌릴 거야. 액자에 딱 넣어서 선물이랑 돈도 좀 넣어주고. 그게 마지막일지도 모르잖아." 아버지는 늘상 야릇한 표정으로 말했다.

"평양 구경도 할 수 있으니 다들 좋아하겠죠. 여태 모아둔 옷도 드라이클리닝 해놨으니까 다 가져가야겠어. 영희 옛날 옷도 아직 있고. 원단이 좋으니까 확실히 오래가네." 어머니는 수십 세대나 되는 친인척들에게 선물을 어떻게 배분할지에 온 정신이 쏠려 있었다. 참석자에게는 칠순 잔치에서 아버지와 찍은 사진, 아버지가 김일성 주석 근처에서 찍은 사진을 끼운 액자, 그리고 소액이나마 엔화와 기념품을 건넨다고 했다. 요컨대 정치적으로 유용할 보험과 경제적 원조를 전달하는 것이었다. 바보 같은 이야기처럼 들렸지만 부모님은 어디까지나 진지했다. '지상 낙원'이라는 자신의 말을 믿고 북에 가기로 결심한 가족과 친척들을 출신 성분으로 차별받는 '귀국자'로 만든 것에 대한 속죄였을까. 이루 헤아릴 수 없는 만감이 교차했을 것이다. "그래야지, 그거라도 해야지." 부모님은 늘상 말했다.

아버지는 북송 사업의 선봉대 역할을 자처했다. 북을 지지하는 조총련과 한국을 지지하는 민단의 대립이 심화되는 가운데, 동포 사회에서 격렬한 사상투쟁을 벌인 활동가였다. 자신이 가본 적도 없고 잘 알지도 못하는 나라를 미화해서 타인에게 이주를 추천하는 무모함을 혁명적 임무라고 믿고 수행했던 것이다. 자기 자식들 손에까지 편도 표를 들려서 북한에 보낸 몇 년 후, 그 나라에 방문해서야 누구보다 북송 사업의 실태를 잘 알게 된 사람이었다. 후회라는 말을 입에 담는 것을 용납할 수 없었을뿐더러 용서받을 수 없다는 자각도 있었을 터이다. 세 아들과 가족들이 '인질'이 되고 야 말았으니 그 체제에 순응하며 살기로 마음먹은 것일까. 훈장을 달고 활짝 웃는 부모님의 얼굴이 피에로 같다고 생각하며 나도 웃 었다. 북조선을 조국으로 선택해 살아온 두 분의 인생을 송두리째 부정할 수 없었다. 그저 믿고 살기로 했을 뿐이었다. 그런 부모님 이 웃고 있었다.

1995년부터 가족 다큐멘터리 영화 제작을 위해 오사카와 평 양에서 촬영을 시작했던 나는, 2001년의 이 가족 이벤트가 언젠가 완성될 영화의 핵심이 되리라고 직감했다. 아버지를 주인공으로 머릿속에서 구상을 시작하던 무렵이었다. 터무니없는 프로젝트를 혼자 이끌며 오랫동안 세상에 기억될 작품을 만들고 싶었다. 좌충 우돌 제멋대로 촬영하면서 본격적으로 영상 제작을 배워야겠다고 느꼈다. 오사카와 고베에서 라디오를 진행하고 TV 뉴스 프로그램 도 만들고 있었지만, 어디까지나 임시직으로만 여겼다. 가족 다큐 멘터리를 촬영하면서 매일같이 인생 후반에 대해 모색했다.

어느 날, 아버지에게 뉴욕에 공부를 하러 가겠다고 말했다.

"아들은 평양에 있고, 딸은 뉴욕에 간다 하고. 우리 가족은 대 체 어떻게 된 거야. 유학? 그런 돈이 어디 있나?"

"돈은 제가 스스로 마련해요. 상담이 아니라 통보예요. 학교 도 결정했고 비행기도 예약했거든요. 평양과 뉴욕을 오가다니,

IAEA 같아서 이 시대에 딱이구만." 가출 선언이라도 하는 심경이었다.

"도대체 미 제국주의에서 뭘 배운다는 거야!"

아버지의 반대는 예상한 바였지만 '미 제국주의'라는 말에 하마터면 뿜을 뻔했다. 뜻밖에도 어머니가 배움은 좋은 일이라며 아버지를 설득해주었다. 식탁을 사이에 두고 부녀가 말다툼을 벌일 때 우연히 평양에서 콜렉트콜(수신자 요금 부담 통화)이 걸려왔다. 평양의 국제전화 교환원이 어머니를 찾았다. 의뢰인은 둘째 건화 오빠였다. 나는 어머니가 건넨 수화기를 받아들고, 뉴욕에 가려는데 아버지가 반대하시니 오빠가 설득해달라고 부탁했다. 건화 오빠는 놀라면서도 내 결심을 흥미로워했다. 나는 아버지 손에 들린 수화기에 귀를 바짝 가져다 댔다.

"아버지, 우리 셋 대신에 영희 하나 정도는 자유롭게 해주세요. 영희가 하고 싶은 일을 하면 되잖아요." 건화 오빠의 말에 아버지는 조용해졌다. 아버지와 머리를 맞대듯 수화기에 귀를 대고 있던 내 뺨을 타고 눈물이 흘러내렸다. 오빠에게 미안하고 또 무척 고마웠다.

"영희야, 뉴욕에서 편지를 보내줘. 애들도 기뻐할 거야. 뉴욕 고모, 멋있네. 전 세계를 누비면서 하고 싶은 걸 해."

"그래그래, 영희는 뉴욕에 잘 갈 거니까 건화도 건강하게 지내. 다시 또 만날 거야."

어머니의 밝은 목소리가 울렸다. 나는 마지막까지 반대하는 아버지를 뿌리치고 비행기에 올라탔다.

2001년 1월, 미국 뉴욕의 뉴스쿨대학교 대학원 미디어연구학과에 입학한 나는 가족이 모두 모이는 평양의 일상을 촬영하기 위해 가을 학기 휴학 절차를 밟았다. 9월 말에 뉴욕에서 오사카로 날아가, 10월에는 조총련의 가족 방문 투어로 부모님과 북한을 방문해 평양에서 몇 주를 보낸 다음, 일단 일본으로 돌아갔다 연내에 대학원으로 복학할 예정이었다.

머릿속은 온통 촬영 생각으로 가득했다. 세 오빠와 그 가족들을 촬영할 때 무엇을 어떻게 조심해야 폐를 끼치지 않을지 상상력을 동원해, 북에서 일어날 수 있는 상황을 상정하고 촬영 과정을 시뮬레이션했다. 그런 가운데 전 세계를 경악게 하는 사건이 일어났다.

2001년 9월 11일 오전 8시 46분. 나는 맨해튼 이스트빌리지의 오래된 아파트에서 깊은잠에 빠져 있었다. 자다가 도쿄에서 걸려 온 전화벨 소리에 눈을 떴다.

"영희 씨? 다행이다, 무사하네요."

"기다 씨? 이 시간에 웬일이세요?"

"맨해튼이죠? 바로 TV 켜요. 무사해서 다행이다. 이쪽은 저녁

뉴스가 바빠서 이만! 잘 지내요!"

　뉴욕에 오기 전 함께 일했던, 일본을 대표하는 TV 뉴스 프로그램의 디렉터에게 걸려온 전화였다. 베개 밑에 깔린 리모컨 스위치를 누르니 항공기가 충돌해 연기를 내뿜고 있는 세계무역센터의 모습을 모든 채널에서 내보내고 있었다. "오…… 마이 갓!" 그 순간, 또 다른 비행기가 두 번째 빌딩으로 돌진했다. 아파트 창문을 열자 곳곳에서 소방차, 구급차, 경찰차 사이렌이 울려 퍼졌고 거리 분위기는 상상 이상으로 심각했다. 예상대로 어머니에게 전화가 왔다.

　"영희니? 지금 '뉴스 스테이션' 보니까 뉴욕에 비행기가 충돌했다는데 괜찮니? 거기서 가까운 거 아니야?" 어머니는 미국 지리를 전혀 몰랐기 때문에 LA에서 총격 사건이 일어났을 때도 맨해튼에 있는 딸에게 전화를 걸어 '괜찮아? LA가 집에서 가깝지 않니?' 물었다. 테러가 벌어진 세계무역센터까지 지하철로 금방 갈 수 있는 거리라고 말하면 밤잠도 못 이루실 것이 틀림없었다. 그래서 "그 빌딩은 내가 사는 아파트에서 아주 멀어요. 머니까 괜찮아. 아, 예정대로 오사카에서 평양까지 같이 갈 거예요. 휴학계도 냈어요" 라고 안심시킨 후 전화를 끊었다.

　그날부터 조지 부시 대통령은 연설 때마다 미국이 테러지원국으로 지정한 나라들을 언급했다. 언론에서 'DPRK(조선민주주의인민공화국)'가 오르내릴 때면 마음이 복잡해졌다. 결국 미국은 이

듬해 북한을 '악의 축'으로 지목했는데, 일본이든 미국이든 내가 살고 있는 나라가 가족이 살고 있는 나라를 적대시한다는 사실에 마음이 무거워졌다. 연일 무력에 의한 보복을 외쳐대는 것 또한 커다란 스트레스였다.

며칠 후 일본에 있는 지인에게서 연락이 왔다. 소위 '조선' 국적 보유자에게는 여행비자조차 나오지 않아서 예정했던 하와이 신혼여행이 취소되었다고 했다. 도쿄에 있는 재일코리안 비자 신청 전문 여행 대리점에 문의하자, 조선 국적 보유자는 당분간 미국 입국이 어렵다고 단언했다. 그 말인즉슨 내가 미국에서 출국해 일본을 거쳐 북한에 다녀온 후, 미국 재입국이 불가능하다는 뜻이었다. 온몸의 핏기가 가시는 듯한 감각에 제대로 서 있기도 힘들었다.

어째서 태어난 것도 아니고 살아본 적도 없는 나라의 영향을 이토록 직접적으로 받아야 하는 것일까. 나에게 북한이란 도대체 무엇일까. 아무리 생각해봐도 답은 나오지 않았다. 대학원을 졸업하면 한국 국적(혹은 일본 국적)을 취득할 생각이었는데, 미국에 오기 전 끝냈어야 했던 걸까. 후회해도 소용없었다.

조선 국적이나 여권을 가지고 있는 것은 아니었다. 내 신분증명서는 일본 국적도 한국 국적도 아닌, 일본 법무국이 발행한 조선이라는 '출생지'만 기재된 재입국 허가증이었다. 주일 미국대사관을 통해서 학생비자를 발급받았지만, 미국에서 한번 국외로 나가면 무효라는 엄격한 조건이 달려 있었다. 평양에서 돌아온 다음 학생비자를 재신청할 생각이었건만 만약 그럴 수 없게 된다면……. 평양행을 포기하고 미국에 남아야 한다는 선택을 강요받은 것 같아 울고 싶었다.

'난민 여권'이라 불리는 재입국 허가증만 들고 잘 알지도 못하는 미국에 온 것부터가 무모했다. 만약 전쟁이라도 나면 정식 여권(국적)이 없는 나는 의지할 대사관도 없는 것이었다. 일본 특별 영주권자라는 사실이 나를 얼마나 지켜줄 수 있을까. 아나키스트처럼 살기를 바라 마지않았지만, 그때만큼은 몹시도 불안해서 위조 여권이라도 만들어야 하나 고심할 정도였다. 평양행이 무산될까 마음의 기둥이 부서져 내리는 심정으로 TV와 라디오에서 계속 흘러나오는 뉴스에 귀 기울였다.

얼마 후 부정적인 망상은 접어두고 타개책을 찾기로 마음먹었다. 그리고 존경하는 대학원 교수님에게 상담하기로 했다. 학생들 사이에서 인기가 높은 데어드레 보일Deirdre Boyle 교수와 면담을 하기 위해서는 교수실 문에 걸린 예약 명단에 이름을 적어둬야 했다. 늘 며칠분 예약이 꽉 차 있었지만 기다릴 여유는 없었다. 그리하여 교수실 앞에서 매복을 하다가 교수가 화장실에 가려고 나온 순간 말을 걸기로 했다.

아파트를 뛰쳐나와 뉴욕대학교를 가로질러 그리니치빌리지에 있는 뉴스쿨대학교까지 달렸다. 5번가와 6번가 사이에 있는 대학 건물에 도착해서 엘리베이터에 올라타, 보일 교수의 사무실 앞에 도착했다. 흰 나무 문 앞 의자에 교수와 면담 순서를 기다리는 대학원생 다섯 명이 앉아 있었다. 면담 약속이 된 사람인 척하기도 마음이 편치 않아서 다른 학생들과 눈이 마주칠 때마다 웃는 얼굴로 인사를 나눴지만 내심 불안했다. 내 상황을 영어로 설명할 수 있도록 머릿속을 정리했다. 보일 교수에게 상담하는 것이 옳은 방법일까? 포기해, 하고 일축해버리면 어떡하지? 대학원과 평양 촬영, 어느 쪽을 포기해야 할까? 이런저런 생각을 하는 사이 머릿속은 더욱 혼란스러워졌다. 그때, 흰 나무 문이 열리며 보일 교수가 나타났다.

"모두 기다려줘서 고마워. 화장실 다녀올게." 나는 복도에 있는 학생들에게 미소를 짓고 걸어가는 보일 교수의 등에 바짝 달라붙어 말하기 시작했다.

"데어드레! 영희예요. 급하게 상담할 일이 있어서 기다렸어요. 가을에 휴학하고 일본으로 돌아가 부모님과 북한에 가서 평양에 사는 오빠들과 지내며 다큐멘터리를 촬영할 예정인데, 부시 대통령이 연설에서……." 거기까지 말했을 때 화장실 앞에 도착했다. 그가 화장실 문을 열면서 나를 돌아봤다.

"나도 급하니까 문밖에서 기다려줘. 부시 대통령이 연설에서, 까지 들었어."

나는 화장실 앞에서 기다렸다. 잠시 후 문을 열고 나온 보일 교수가 계속하라고 말했다. 교수실로 돌아가는 복도를 걸으면서 복학을 위해 뉴욕으로 돌아올 때 비자가 나오지 않을 가능성이 있다고 설명할 때였다.

"일단 진정해. 예약한 학생들이 기다리고 있어서 더 이상 말할 시간이 없어. 나한테 말한 내용을 요약해서 한 시간 안에 메일로 보내요. 내일 점심까지 전화할 테니까. 전화번호도 잊지 말고." 금방이라도 울 것 같은 얼굴로 고개를 끄덕이는 나에게 보일 교수는 이어서 말했다.

"영희, 상황은 잘 알았어. 오늘 네가 할 수 있는 일은 여기까지야, 알았지? 집에 돌아가서 뭘 좀 먹고 푹 자. 테러 이후로 뉴욕은 온통 혼란스럽지만, 이런 때일수록 냉정해져야 해. 뒤는 나에게 맡겨." 반신반의하면서도 보일 교수의 말에 매달릴 수밖에 없었다.

다음 날 낮에 보일 교수에게 전화가 와서 학교로 향했다. 보일 교수는 수면 부족으로 눈 밑에 다크서클이 선명할 만큼 피곤했던 나와는 대조적으로 밝게 웃고 있었다. 그는 봉투 두 개를 꺼냈다. 하나는 학과장이, 다른 하나는 보일 교수가 미국대사관에 쓴 편지였다.

"일본의 미국대사관에 제출할 편지야. 지금 학생과에 가면 미셸이라는 직원이 기다리고 있을 거야. 안심하고 오빠들을 만나고 오렴. 건강하게 뉴욕으로 돌아와야 해." 허를 찔린 나는 감사의 인사도 못 하고 보일 교수를 끌어안았다. 그는 평소처럼 따스하게 포옹해주더니 나를 배웅하며 고개를 크게 끄덕여 보였다. 나는 교수에게 몇 번이고 손을 흔들면서 학생과 사무실로 향했다. 넓은 사무실에서 미셸이 나를 기다리고 있었다. 드레드록스가 어울리고 팔다리가 길쭉한 사람이었다.

"안녕, 영희. 기다리고 있었어요. 이 파일이 학생비자 신청을 위해 대사관에 제출할 서류예요. 불안하겠지만 정신 바짝 차려요. 당신은 우리 대학원의 정식 학생이고, 어떠한 정치적 상황에서도 학생의 배울 권리를 지키는 것이 대학의 의무입니다. 만약 미국에 오기 위한 비자가 나오지 않을 경우, 우리가 직접 주일 미국대사관에 요청할 거예요. 이 건에 관해서 당신이 할 수 있는 일은 없으니 우리에게 맡겨요. 가족을 만나러 간다면서요. 여행 잘해요!"

나고 자란 일본에서도 이렇게 따뜻한 격려를 받은 적은 없었다. 대통령은 마음에 들지 않았지만, 미국이라는 나라가 지닌 대범함에 깊은 감명을 받았다. 그날 밤 보일 교수에게 메일이 왔다.

평양에서 촬영한다는 어려움과 자기 가족을 찍는다는 어려움 사이에서 고민도 많겠지만 너무 무리하지 마. 후회도 하지 말고. 찍을 수 있는 만큼 찍어둬. 영화로 만들지 말지는 나중에 생각하면 되니까. 영희에게도 가족에게도 틀림없이 귀중한 기록이 될 거야. 영화가 아니라 소설이나 에세이면 또 어때. 귀중한 자료를 만들어두는 거야. 뉴욕에 돌아오면 또 이야기하자.

우선 찍자, 나중에 생각하면 된다, 그 말이 나를 구원했다. 이미 시작된 가족 다큐멘터리 프로젝트가 행여나 가족을 상처 입히지 않을까 꿈속에서조차 고민하던 시기였다. 나는 은사가 등을 떠밀어준 덕분에 미국대사관에 제출할 편지와 캠코더를 들고 뉴욕에서 오사카로 날아갔다.

나중에 어머니에게 들은 이야기지만, 아버지는 내가 뉴욕에 가면 다시는 가족을 만나지 않을 것이라고 생각했던 듯하다. 딸이 이데올로기가 다른 자신에게 절연장을 내밀었다고 받아들였던 것이다. 아버지는 그런 딸이 함께 평양에 가기 위해 일부러 뉴욕에서 오사카로 돌아온다는 사실을 알고 이웃집을 돌아다니며 효녀라고 자랑했다고 한다. 어머니는 또 아버지가 간사이공항에서 집으로 오는 딸을 가만히 앉아 기다리지 못해 계속 집 앞 골목을 왔다 갔다 했다고 귀띔해주었다.

아버지는 저녁에 반주를 들 때마다 뉴욕 이야기를 듣고 싶어했다. 한국인 유학생 친구가 많이 생겼다고 하자 무척이나 기뻐했다. 어머니는 남편과 딸이 웃으면서 대화를 나누는 모습에 안심하면서 평양으로 가져갈 짐을 싸는 데 여념이 없었다. 뉴욕에서 오사카까지도 멀지만, 오사카에서 평양까지 가는 길 또한 쉽지 않은 여정이다. 어이없을 정도로 복잡하게 돌아가면 그만큼 평양의 가족들은 기뻐했다. 지구 반대편에 있던 동생이 부모님과 함께 와주었다는 사실에 진심으로 고마워했다. 조카들에게 '뉴욕 고모'는 인기 만점이었다. 부모님에게도 뉴욕에서 일부러 와준 딸은 자랑거리였다. 가장 중요한 점은 30년 만에야 겨우 가족이 모두 모였다는 사실이었다.

아버지의
칠순 잔치

저는 제 인생을 사상적으로, 조직적으로 총괄하고 있습니다. 정말로 김일성 수령님에게 충직했는가, 정말로 김정일 장군님께 충성을 바쳤는가 아닌가. 돌이켜 생각해보면 공덕도 있지만, 모자란 부분이 더 많았다고 할 수 있습니다. (…) 앞으로 더욱 분투하고 싶지만 벌써 75세가 되었습니다. (…) 내 아들 셋이 여기 평양에 있습니다. 딸도 있습니다. 며느리도 있고, 손자들도 여덟이 있습니다. 친척들을 다 합치면 50명 정도 되겠지요. 이 젊은이들을 어떻게 열렬한 김일성주의자, 김정일주의자로 만들지가 중요하다고 생각합니다. 이를 과업으로 삼아 크게 전진해야……

• 〈디어 평양〉 속 아버지의 연설 중에서

아직 충성심이 부족하다는 아버지의 말에 나는 당황했다. 자신의 자식과 손주를 혁명가로 키우는 것이 남은 과업이라고 말했을 때는 그 자리에서 도망치고 싶어졌다.

• 〈디어 평양〉 중에서

잠옷 차림으로 노래를 부르는 아버지의 캐릭터에 빠졌던 관객들이 확 깨는 장면이다. 딸인 나조차 귀를 막고 싶어지니 무리도 아니다. '오오, 그렇군. 역시 사고방식이 다르네. 이 사람들과 서로를 이해하는 건 불가능할지도 모르겠어' 낙담하게 되는 연설. 내레이션이 끝나면 참가자들이 파티장에서 반주에 맞춰 북조선 노래를 부르고, 모두 함께 춤을 추는 장면이 이어진다.

2001년 10월, 드디어 아버지의 칠순을 축하하기 위해 온 가족이 평양에 모였다. 평양에 사는 오빠들과 친척들뿐만 아니라 지방도시에 사는 먼 친척에 지인까지 찾아왔다. 명목상 세 아들이 아버지를 위해 마련한 자리였지만, 이를 믿는 사람은 없었다. 100명을 초청한 옥류관 행사 비용 25만 엔은 부모님이 지불했다.

사실 아버지 칠순은 1997년이었으나, 북에서 많은 사람들이 굶어 죽던 시기에 잔치를 할 수는 없다는 부모님 뜻에 따라 연기하게 되었다. 내가 가족 다큐멘터리를 만들겠다고 촬영을 시작한 지도 6년이 지난 참이었다. 그전 달의 9.11테러사건 때문에 불안 요소는 많았지만, 나에게는 무엇보다 부모님과 함께하는 방북을 기록하는 일이 중요했다.

칠순 잔치 당일. 평양은 물론 원산, 신의주, 청진, 혜산 등 북한 전역에서 친척들과 아버지의 옛 친구들이 모여들었다. 이야기를 들어보니 트럭 짐칸에 타거나 차를 여러 번 갈아타 평양에 온 사람, 며칠 동안 열차를 타고 온 사람도 있었다. 이 작은 땅에서 대체 어떤 열차를 며칠 동안 탄 건지 물어보자 전력공급 관계로 열차가 움직이는 시간보다 정차하는 시간이 길어진 문제인 것 같았다. 고생해가며 평양 옥류관까지 와준 사람들이 고마웠다. 고개를 숙여 감사를 표하자 "덕분에 평양에도 오고 옥류관도 와봤으니 초대해주셔서 이런 영예가 없다"라며 오히려 인사말을 들었다. 많은 사람들이 부모님에게 축하 인사와 함께 "저번에 보내주신 일본 자전거를 지금도 수리해서 쓰고 있습니다. 역시 일제가 다르더군요. 매일 산길을 달려도 오래 갑니다" "보내주신 옷을 수선해서 계속 입고 있습니다. 이 내복은 구멍이 나도 따뜻하더라고요. 감사합니다" "보내주신 약 덕분에 살았습니다"라며 어머니의 소포에 대한 감사 인사도 잊지 않았다.

각양각색의 참석자들이 모였다. 오빠들 가족은 물론, 오빠들의 직장 상사와 북한 정부의 재일동포 담당 부서 관계자들도 있었다. 나를 보더니 "영희! 이렇게 조그맣고 울보였는데, 이제 다 컸네. 미국에 있다던데 진짜냐"라며 말을 걸어온 사람들도 있었다. 일본에서 건너간 귀국자로, 어릴 적 쓰루하시 집에 놀러 오곤 했던 오빠 친구들이었다. 복장만 봐도 일본의 가족에게 지원을 받는 귀국자임을 알 수 있었다. 익숙하지 않은 잔치 분위기에 참석자들 사이에도 긴장감이 감돌았다. 할아버지의 체면을 지켜주려고 짐짓 예의 바르게 행동하는 조카들도 기특했다.

얼핏 보면 남들의 부러움을 살 법한 훌륭한 잔치 같았지만, 어딘가 코미디처럼 보이는 것은 어쩔 수 없었다. 높다란 천장 아래 으리으리한 연회장에 들어찬 커다랗고 둥근 테이블, 그 위에 수북이 담긴 소박한 조선 요리와 술. 오빠들 부부와 조카들은 어머니가 일본에서 보낸 정장과 민족의상을 입고 있었다. 나는 캠코더로 촬영하기 위해 장례식장에 온 사람처럼 위아래로 새카만 정장을 입고 돌아다녔다. 다양한 사람들이 칠순을 축하하면서 조총련 활동에 평생을 바친 아버지를 칭송했고, 마지막으로 아버지의 연설이 이어졌다.

아버지가 "나에게는 아들, 딸, 손자들이 있습니다"라고 말한 뒤 "이 젊은이들을 혁명가로!"라고 외쳤을 때, 나는 무심코 조카들이 앉아 있는 테이블을 쳐다보았다. '설마, 말도 안 돼'라는 제스처를 조카들에게 해 보이자 모두가 나를 가리키면서 웃음을 참았다. 조카들이 보기에도 나는 '자유분방한 문제아'겠거니 생각하자 웃음이 터져 나오려고 했다. 캠코더가 흔들리지 않도록 팔에 힘을 주었다.

나는 옥류관에서 열린 잔치를 카메라로 기록하면서 채플린의 말을 떠올렸다. "인생은 가까이서 보면 비극이지만 멀리서 보면 희극이다." 그의 말에 따르면, 나는 내 가족을 롱숏으로 바라보기 위해 렌즈의 힘을 빌리는 것일지도 모른다. 사랑해도 미워해도 답답해도 멀리 떨어져 살아도 가족과 정신적으로 거리를 두기란 쉽지 않다. 그러한 존재를 부감하여 다각도로 보기 위해서는 밀어낼 필요가 있다. 가족에게서 눈을 돌리는 것이 아니라, 가족을 원거리에서 응시하고 내가 어디서 왔는지 알고 싶었다. 살아온 날들을 해부하여 내 백그라운드의 정체를 넓고도 깊게 알고 싶었다. 그런 다음 가족과 나를 분리하고 싶었다.

아버지의 연설을 들으며 내 가족을 해부하기는 쉽지 않겠다는 생각이 들었다. 여러 사람들 앞에서 연설을 하던 아버지가 실로 많은 말을 삼키면서 살아온 사람이라는 것을 알기 때문이었다. 그리고 북한에 있는 가족들 역시 많은 말을 삼켜내고 있음이 분명했다. "한 번은 꼭 해야지" 하던 아버지의 말과 연설 사이에 나는 서 있었다. 둘 다 아버지의 말이었다. 둘 다 아버지였다. 잠옷 차림으로 진심을 말하는 아버지도, 훈장을 주렁주렁 달고 김일성에게 충성을 맹세하는 아버지도 모두 나의 아버지였다.

드문 일이라고 생각하지는 않는다. 수많은 '어른'들이 그렇게 본심과 명분 사이를 오가지 않을까. 본심 속에도 명분이 있고 명분도 본심과 크게 다르지 않다. 인간은 다면체라 여러 측면으로 둘러싸여 있다. 특별한 일이 아니다. 비범하다는 소리를 들어도, 평범해 보여도 인간이란 그러한 생명체인 것이다. 훈장을 단 아버지를 보면 잠옷 차림의 아버지가 떠오르고, 그 반대 또한 마찬가지다. 혁명을 외치는 아버지도 평범한 사람일 거라는 생각이 들었다.

아버지의 칠순 잔치가 끝나고 며칠이 지났을 무렵, 우리가 묵고 있던 오빠의 아파트를 찾아온 사람이 있었다. 잔치에도 참석했던 고령의 남성으로, 아들과 함께 인사차 들렀다고 했다. 노인은 지팡이를 짚고 다리를 절었다. 아버지는 두 팔을 벌려 포옹하며 방문객을 맞이했다. 그러고는 "고생 많았네. 평양으로 돌아와서 정말 다행이다"라고 몇 번이나 말했다. 두 사람은 다른 방에서 이야기를 나누었고, 나는 차를 가져다주며 대화를 들었다. 노인은 아버지와 같은 제주도 출신으로 오사카의 쓰루하시에 살다가 북한으로 '귀국'한 듯했다. 평양에서 살다가 정치범으로 몰려 수용소로 보내지고 가족들도 벽지로 추방당했는데, 몇 년 후 무죄가 인정되어 가족의 품으로 돌아갔다고 했다. 아버지가 노인은 원래 평양에 살던 사람인 데다 무죄가 증명되었으니 평양으로 돌려보내야 한다고 이의를 제기한 덕에 그는 평양 교외로 돌아갈 수 있었다.

노인은 수용소에서 풀려나 시골에서 지낼 때, 우리 어머니가 보낸 소포를 받고 얼마나 기뻤는지 모른다며 눈물을 흘렸다. 이번에도 잔치에 불러줘서 고맙다며, 자신에게도 사진과 기념품을 줘서 감격했다며 몇 번이고 고개를 숙였다. 아버지는 '옛날에 함께 쓰루하시의 선술집에서 같이 마시던 이웃 아닌가, 같은 제주도 사람 아닌가, 그러니 이러지 말라'고 만류했다. 나쁜 일을 한 것도 아닌데 의도했든 의도하지 않았든 이 사람은 그동안 얼마나 머리를 숙이면서 살아왔을까 가슴이 답답해졌다.

화가 났다. 정치범 수용소에 보내졌다는 그의 '죄'는 다른 나라였다면 성립되지 않았을 것이다. 그런 사람을 몇 년 동안 감옥에 가둬놓고 이제 와 '무죄'라니, 이게 무슨 말인가. 그는 수용소에서 다리를 다쳤다고 했지만 나는 고문이 아닐까 의심했다. 도대체 한 사람의 인생을 뭘로 보는 거냐고 소리치고 싶었다. 손님은 아버지와 동갑임에도 한참 나이 들어 보였다. 그는 아들과 함께 여러 번 사과와 감사의 말을 전하고서야 돌아갔다.

"수용소에 들어가서 몇 년 후에 무죄라고 밝혀지면 보통은 손해배상감이지." 내가 말했다.

"너는 입 다물고 있어." 어머니가 말했다.

불합리한 일은 어느 나라에나 있을 것이다. 하지만 소중한 가족이 살고 있는 나라의 불합리성에는 특히나 민감하게 반응하기 마련이다. 원래 그런 나라니까 어쩔 수 없다고 예외로 두는 건 불공정한 것 아닌가. '김씨 왕조'라고 불리는 나라에서 공정이 다 무슨 소용인가 싶지만.

지금도 옥류관이라고 하면 2001년 가을 칠순 잔치에서 아버지가 한 연설이 떠오른다. 그리고 지팡이를 짚고 한쪽 다리를 끌던 노인과 그의 아들이 차례로 생각난다.

잔인한 질문

설마 아버지가 대답해줄 줄이야. 어쩌면 이 질문을 하기 위해 몇 년이나 캠코더를 들고 아버지를 쫓아다녔는지도 모른다. 던질 수 없는 질문이었다. 너무 잔인하니까, 솔직하게 대답할 수 없는 입장이라는 것을 알고 있으니까. 무엇보다도 조직인組織人으로서의 대답을 원하지 않았다. 아버지의 솔직한 심정을 듣고 싶었다. 물어보면 혼날 수도 있다고 생각했다. 카메라를 피하는 아버지의 뒷모습이라도 찍고 싶었다. 침묵하는 아버지의 표정만으로 충분했다.

2004년 봄, 나는 어쩐지 긴장하고 있었다. 아버지와 함께 거실에 있다가 '지금밖에 없다!' 직감했다. 너무 긴장한 나머지 말까지 꼬여버렸다.

"세 명 전부 보내서 후회해?" 갑자기 물어보자 침묵이 흘렀다. 될 대로 되라지 생각한 순간, 아버지가 입을 열었다.

"이미 가버린 건 별수 없다 싶지만, 그, 가서…… 가지 않았으면 더 좋았으려나 그렇게는 생각하지." 내 귀를 의심하면서 신중하게 질문을 이어갔다. 아버지는 타임캡슐을 타고 북송 사업이 활발했던 무렵으로 돌아가서 목차를 훑는 듯한 표정이었다.

"그때 아버지 연세가? 아들들을 보냈을 때. 아버지는 몇 살이셨죠?"

"몇 살이었으려나……."

"지금부터 32, 33년 전이면 아버지가 43, 44세?"

"당시 전망이라는 게, 재일조선인 운동이 제일 앙양하던 시기이기도 하고. 문제가 다 잘 풀리는 쪽으로 보았으니까. 안일했지……."

아버지의 솔직함에 놀랐다. 내 질문에 진지하게 답해줘서 고마웠다. 아버지, 그리고 활동가로서 금지했던 문장을 꺼낸 이유는 나를 향한 신뢰 때문이었을까. 아니면 딸에게 약해진 나머지 魔에 홀린 것이었을까. 촬영을 하면서 아버지에게 죄송하고 또 고마웠다. 이걸로 영화가 되겠다고 생각했다.

그날의 아버지는 조금 이상했다. 여태껏 결코 입에 올린 적 없던 이야기들을 해주었다. 아버지는 〈디어 평양〉의 클라이맥스에서 내가 한국 국적을 취득하도록 허락하면서 한국에 시집가도 되니까 그저 상대만 찾으라고 말한다. 자신은 생애 마지막까지 김일성에게 충성을 다하겠지만, 딸은 별개이니 자유롭게 살라고 한다. 실은 오빠들의 '귀국'에 대해 후회하는 장면부터 나의 국적 변경을 허락하는 장면까지 모두 같은 날 찍은 영상이다. 그다음 날, 나는 예정대로 도쿄로 돌아갔다.

일주일 후 아버지는 뇌경색으로 쓰러져 반신불수가 되었고, 일련의 대화는 아버지와 내가 주고받은 마지막 대화가 되었다.

영상을 편집하면서 아버지가 후회의 말을 입에 담는 장면을 사용하는 데 주저하지 않았다. 끝없는 문제를 수반하리라 예상했지만 망설이지 않았다. 아니, 망설인 순간은 있었지만 늘 답은 정해져 있었다. 잔인한 딸임을 자각하면서도 감독으로서의 판단을 우선시했다.

조총련(양국 정부와 적십자까지)이 총력을 기울여 추진한 북송 사업이었다. '북조선은 차별이 없는 지상 낙원'이라고 부추기며 재일코리안을 이주시켰다. 일본과 북한 양국 정부와 언론 그리고 조총련은 귀국자들의 그 후 실정에 대해서는 무관심했고 그저 방치할 뿐이었다. 세계적인 대규모 이민 프로젝트였지만, 역사에서 지워지는 것 같아서 참을 수 없었다. 오빠들의 삶이 없었던 셈이 되다니 납득하기 힘들었다.

나는 조직의 태도는 모른 체하고, 가족과 친척을 지원하는 데 필사적인 부모님에게 오랫동안 불만을 품고 있었다. 그리고 그 불만은 나 자신에게 되돌아왔다. 아들과 손주들이 인질처럼 잡혀 있는 부모님이 대체 무슨 말을 할 수 있다고. 아이를 낳아본 적 없는 나도 그 정도는 알 수 있었다. 내가 세운 책망의 가시에 자꾸만 스스로 찔렸다.

북송 사업에 대해 후회하는 아버지의 모습이 공개되면 조직인으로서 아버지가 비판의 대상이 될지도 모른다는 사실은 알고 있었다. 다만 아버지도 이 정도는 말하게 해주고 싶었다. 인생을 되돌아보면서 '설마 이렇게 될 줄은 몰랐다' 하는 생각은 누구나 할 테니까.

〈디어 평양〉을 공개하자 조총련은 나에게 사과문을 쓰도록 강요했고, 이를 무시하자 북한 입국을 금지했다. 2005년 방북을 마지막으로 나는 가족을 만날 수 없게 되었다. 2009년에는 이 우스꽝스러운 '처벌'을 내리는 조직에 가운뎃손가락을 들어 보이는 심정으로 〈굿바이, 평양〉을 공개했다. 부모님이 인생을 바친 조직의 판단으로 가족은 또 한 번 이산가족이 되었다. 어머니는 "벌칙 게임도 아니고, 한심해"라고 말했다. 아버지가 돌아가시고 혼자 살던 어머니에게 항의 전화가 걸려오기도 했다. 딸의 영화 때문에 그때까지 친하게 지내던 사람들과 소원해진 어머니에게 죄송했다.

"사람이 할 말이 있으면 감독인 나한테 해야지. 모르는 사람한테서 협박 전화 같은 거 오니까 기분 나쁘겠다, 미안해요."

"모르는 사람도 아냐, 오래 알고 지냈으니 목소리만 들으면 금방 알지. 너한테 이상한 전화가 안 오면 됐어. 가족 기록을 영화로 만들어줘서 고마워." 언제나 당당한 어머니는 웃으며 말했다.

우리 영희
착하지

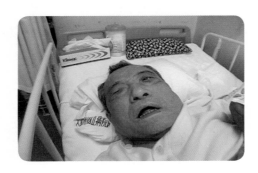

　　회한이 서린 목소리로 이야기하던 아버지를 촬영하고 도쿄로
돌아간 지 일주일째 되던 날 밤. 사무실에서 회의를 하고 있는데
어머니에게 전화가 걸려왔다. 아버지가 뇌경색으로 쓰러져서 곧
수술에 들어간다고 했다. 시계를 보니 오사카행 마지막 신칸센은
이미 떠난 후였다. 다음 날 비행기나 신칸센을 기다릴 마음의 여유
가 없었다. 회의에 참석했던 동료가 오사카까지 차로 데려다주겠
다고 해서 우리는 렌터카를 빌려 오사카로 향했다. 몇 시간이 걸려
도 상관없었다. 느리게나마 오사카로 가고 있다는, 가까워지고 있
다는 감각이 나를 버티게 했다.

"설마, 그럴 리 없어. 아직은 보낼 수 없어. 다시 한번 손주를 만나고 싶다고 했는데. 아직 영화도 완성되지 않았는데, 아버지가 주인공인데, 아버지가 처음으로 봐야 하는데." 조수석에 앉은 나는 중얼중얼거리다가 소리 내어 울었다. 절대적으로 나를 사랑해주는 세상 단 하나뿐인 존재가 사라질지도 모른다는 불안이 나를 어린아이로 되돌린 것 같았다. 끅끅대며 몇 시간을 울었다. 울다 지쳐 멍하게 앉아 있자니 어릴 적 추억이 빙글빙글 머릿속을 맴돌았다.

여섯 시간이 넘는 대수술을 마치고도 아버지의 의식은 며칠 동안 돌아오지 않았다. 어머니와 나는 중환자실 유리창 너머로 아버지의 모습을 확인하고 하루 종일 복도 의자에 앉아, 그저 아버지의 의식이 돌아오기만을 기다렸다. 늦은 밤 집으로 돌아간 어머니는 편지지를 펼치고 평양에 있는 아들들에게 편지를 쓰려고 했다. 빈 종이를 앞에 놓고 생각에 빠져 한숨을 쉬는 어머니를 보면서 이런 긴급 사태에도 전화나 메일은커녕 도착하기까지 몇 주가 걸리는 편지만이 연락 수단이라니, 중세 시대인가 어질했다. 어머니는 빈 편지지를 접고 방에 걸린 세 아들의 가족들 사진을 보면서 연거푸 한숨을 내쉬었다. 아침이고 밤이고 계속 그랬다.

의식이 돌아온 아버지를 일반 병동의 개인실로 옮겼다. 아버지는 코에는 튜브를, 팔에는 링거를 꽂은 채 때때로 입에 연결된

튜브로 가래를 빨아올리며 고통스럽게 숨을 쉬었다. 아버지의 손을 잡고, 퉁퉁 부어 진땀을 흘리는 얼굴을 바라보았다. 그렇게 오래 아버지 얼굴을 쳐다본 적은 처음이었다. 나는 몸에 지니고 있으면 소원이 이루어진다며 친구가 준 커다란 '행운의 돌' 반지를 끼고 있었다. 영적인 것들에 무관심했지만 반지 낀 손으로 생사를 오가는 아버지의 손을 꽉 힘주어 잡았다. 부자연스럽게 큰 반지 알이 부적처럼 보였다.

"아버지, 들려? 들리면 손을 잡아요." 포기하지 않고 몇 번이고 말을 걸면서 손에 힘을 주자 아버지가 희미한 힘으로 내 손을 맞잡았다. 목소리가 들리는구나! 그 사실에 참을 수 없이 눈물이 흘렀다. 아버지는 죽어가던 것이 아니었다. 사경을 헤매는 것도 아니었다. 살기 위해서 싸우고 있었다. 병실 구석에 놓아두었던 가방에서 캠코더를 꺼냈다. 필사적으로 싸우는 아버지의 모습을 찍어야만 한다고 생각했다.

구사일생으로 목숨을 건진 아버지의 입원 생활이 시작되고 어머니는 매일 병실을 지켰다. 면회 시작 시간부터 종료 시간까지 하루 종일 아버지 곁을 떠나지 않았다. 완전 간호floor nursing 시스템을 갖춘 병원이었지만 어머니는 "가족이 옆에서 지켜보고 있어야 간호사들도 신경을 써주지. 병원이나 간호사를 믿긴 해도"라고 말했다.

아버지는 종종 이상한 말을 했다. 어느 날은 평양에 사는 둘째

와 셋째는 병문안을 왔는데 장남이 아직 안 왔다고, 지금은 세 아들이 학교에 가 있을 시간이라고 했다. 또 어떤 날은 나에게 제주도의 식당에 점심을 먹으러 가자고 했다. 자리에서 일어나지도 못하면서 당신의 신발을 가져오라며, 제주도의 무슨 식당에서 친구가 기다리고 있다고 주장했다. 병실 커튼이 흔들리면 말이 달린다고 놀랐고, 복도에서 들려오는 목소리가 맹수 울음소리 같다며 겁을 먹었다.

뇌세포 일부가 죽었기 때문에 당연히 치매를 앓게 되어 다양한 망상에 사로잡히는 듯했다. 어머니와 나는 아버지가 말하는 내용을 그대로 받아들이고 더 캐묻지 않았다. 의사 말로는 치매 환자가 자기 의견을 부정당하면 그 스트레스로 뇌에 퍼진 모세혈관에 나쁜 자극이 간다고 했다. "스트레스로 작은 뇌경색이 일어난다고 보시면 됩니다"라는 그의 말에 우리는 어떻게든 스트레스를 받지 않게 하려고 아버지의 망상에 장단을 맞췄다.

하루는 무리하게 몸을 움직이려는 간호사에게 아버지가 폭언을 했다. 아프다고, 그만하라고 소리치는 아버지를 괜찮다며 무시했던 간호사였지만, 나는 바로 그에게 사과하고 도리어 아버지에게 화를 냈다.

"아버지, 모두 아버지를 위해서 열심히 하는데, 아버지 건강을 위해서 이렇게 열심인데 뭐라는 거예요!" 내가 세게 나가자 아버지는 분노에 가득 찬 표정으로 외쳤다.

"나를 위해서라니! 모두 자기 할 일을 하고 있을 뿐이야! 나를 위해서라고 하지 마라!" 아버지의 말이 끝나자 병실은 침묵에 휩싸였다. 간호사들은 조용히 병실을 빠져나갔다. 분노가 에너지로 바뀌었는지 진지한 표정의 아버지는 멀쩡해 보였다.

"아버지가 옳네. 그래, 모두 자기 할 일을 하고 있을 뿐이야." 나는 아버지에게 사과했다.

"너는 최선을 다하고 있다." 아버지가 말했다.

치매인지 제정신인지 알기 힘든 양반이었다. 우리는 큰 소리로 웃었다. 나는 크게 웃음을 터뜨리는 아버지의 손을 잡았다. "아버지, 힘내자!"라는 내 말에 아버지도 "힘내자!"라고 화답했다. "힘내서 병을 고쳐 집에 가야. 손주 보러 평양에 가야지" 그렇게 아버지를 격려했다. 집에 가자, 가족이 있는 평양에 가자. 그 말이 우리의 암호가 되었다.

나는 한 달 중 일주일은 오사카에서 아버지를 간병했고, 어머니는 그때나마 쉴 수 있었다. 어머니가 아버지를 돌보는 사이, 9년간 찍은 영상을 모아 다큐멘터리 영화 편집에 들어갔다. 하루빨리 작품을 완성시켜 주인공인 아버지에게 보여주고 싶었다. 반신불수가 된 아버지는 급기야 시력을 잃어갔다. '빨리 완성해야 해, 주인공에게 먼저 보여줘야 해.' 초조한 마음을 억누르며 도쿄 편집실에 틀어박혀 있었다. 한 달에 3주는 건강한 아버지의 영상과 마주하고 일주일은 아픈 아버지를 돌보는 생활, 과거와 현재를 오가며 머릿속은 갈수록 혼란스러워졌다.

2009년 11월, 아버지가 입원한 지 5년 반이 지났다. 여느 때처럼 일주일을 오사카에서 보내고 도쿄로 돌아가는 날 아침, 인사를 하러 아버지 병실에 들렀다.

"아버지, 다음 달에 또 올게."

"신칸센에 늦지 않게 빨리 가라." 어머니가 말했다.

"안 돼, 내일 가면 돼." 아버지가 말했다. 드문 일이었다. 평상시에는 '바이 바이!'라고 딴말 없이 보내줬기 때문이다. 나는 어쩐지 미련이 남아서 도쿄행을 미루기로 했다.

"알았어. 내일 표로 바꾸고, 오늘은 여기 있을게."

아버지에게 점심을 먹이는데 평소보다 식욕이 없어 보였다. 약을 가져온 간호사가 체온을 재보니 미열이 있었다. 그 후 간호사는 여러 차례 열과 맥박을 측정했다. 체온은 조금씩 올라갔다. 저녁이 지날 무렵, 간호사는 오늘 밤이 고비일지도 모르니 곁에 있어 드리라고 말한 뒤 병실을 나갔다. 무슨 말인지 알 수 없었다. 감기 아닌가? 고비라니 무슨 고비? 이해가 되지 않았다. 그러면서 한시도 아버지 곁을 떠나지 못했다. 밤이 되자 아버지의 호흡이 거칠어졌고, 괴로워하는 소리가 들렸다.

"여보…… 영희……." 아버지가 몇 번이고 말했다.

"마지막으로 하실 말씀 있으면 지금 하세요." 간호사가 병실을 들락날락하면서 이야기했다. 막막해진 어머니와 나는 자리에서 벌떡 일어났다.

"아버지 옷(수의)을 가져올게. 네가 옆에 있어라. 나는 이미 충분히 같이 있었으니까." 어머니가 집으로 가버렸다. 병실에 남은 나는 아버지의 손을 붙들었다. 뭐라고 말하면 좋을까. 이러다 또 열이 내려서 기운을 되찾을지도 모르지. 오늘 밤? 이렇게 갑자기? 어제 신칸센을 탔을 수도 있는데? 혼돈에 빠진 가운데, 무슨 말을 해야 할지 잠시 생각했다. 아버지 얼굴을 가만 바라보고 있자니, 아버지가 눈을 조금 떴다.

"아버지, 어렸을 때 나 무릎에 앉혀두고 부른 노래 기억나?"

아버지가 끄덕였다.

"무슨 노래인지 기억나요? 우리 영희 착하지, 정말 착하지. 아주아주 착하지, 우리 영희 착하지." 밝게 노래하고 싶었지만 목소리가 떨렸다. 참 딸 바보 같은 노래네, 하며 억지로 웃었다. 아버지도 희미하게 웃었다.

"아버지, 나 열심히 할게. 앞으로 열심히 하겠지만 아버지가 기뻐하지 않을 일을 할지도 몰라. 미안요. 아버지 어머니한테 폐를 끼칠지도 몰라, 미안해요. 영화든 책이든 내가 만들고 싶은 걸 만들 거야. 최선을 다해서." 여기까지 겨우 말했다. 아버지가 희미하게 눈을 떴다.

"영희가 정한 길, 쭈욱 가면 돼." 아버지가 말했다. 거짓말처럼 또렷하게 들렸다. 쭈욱이라는 말이 아버지다웠다. 갑자기 아버지의 숨이 점점 거칠어졌다. 가슴을 크게 부풀려 어깨를 흔들면서 격렬하게 숨을 내쉬었다. 목숨 걸고 숨을 쉬는 것 같았다.

어머니가 아버지에게 입힐 옷을 들고 병실에 도착했다. 간호사들도 들어왔다. 아버지의 숨은 더욱 거칠어져갔다. 상반신을 공중으로 밀어 올리듯 들숨을 쉬고, 떠오른 머리와 등을 침대에 격렬하게 떨어뜨리며 날숨을 뱉었다. 아버지는 이를 여러 번 반복하다 천천히 단계를 거치듯이 숨을 거두었다. 인간은 이렇게 죽어가는 것이라고 보여주려는 것 같았다. 계속 잡고 있던 아버지의 손이 차가워졌다. 얼굴도 목덜미도 차가워졌다. 차가워도 괜찮으니까 관에 들어가지 말고 영원히 이대로 있으면 좋겠다고 생각했다.

2년 후인 2011년 가을, 어머니가 아버지의 유골을 평양으로 가져갔다. 남북과 조일朝日 관계 개선에 기대를 품었던 무렵, 아버지는 당신의 유골을 고향 제주도에 묻어달라고 했다. 시간이 지나도 상황이 나아지지 않자 부모님은 평양에 무덤을 만들기로 했다. 어머니가 아버지의 유골을 들고 평양을 방문하는 동안, 나는 도쿄에서 첫 극영화 〈가족의 나라〉를 편집하고 있었다. 가족을 만날 수 없고 무덤에도 갈 수 없는 상황에서 내가 가족과 마주할 유일한 방법이었다.

2 카메라를 꺼주세요

선화의 미소

1995년 3월, 나는 가족 방문단의 일원으로 북한을 방문했다. 열일곱에 처음 방북하고 다섯 번 정도 갔지만 캠코더를 들고 간 것은 처음이었다. 과거 학생 방문단이나 가족 방문단 때는 말 그대로 가족 방문이 목적이었기 때문에 기념사진과 스냅사진을 찍는 데 만족했다. 하지만 그해 방북부터는 동영상을 촬영하고 싶다는, 그렇게 모은 영상으로 언젠가는 가족 다큐멘터리를 만들고야 말겠다는 은밀한 목표가 생겼다. 이 영상 기록이 훗날 가족 다큐멘터리 3부작(〈디어 평양〉〈굿바이, 평양〉〈수프와 이데올로기〉)으로 이어질 거라고는 상상도 못 했다.

당장은 세 살이 된 선화가 자란 모습을 기록하려는 목적이 가장 컸다. 손주들을 자주 만날 수 없는 부모님은 아마 매일같이 영상을 돌려 보시리라. 가치관 차이로 틈만 나면 딸과 말다툼을 하던 부모님의 마음을 치유하는 선물이 되길 바랐다. 평양에 있는 손주 사진만 보다가 '움직이는' 손주의 모습을 보고 목소리를 듣게 된다면 기쁨은 배가 될 것이었다.

평양 시내 호텔로 향하던 버스 안에서 가족 면회는 내일부터라는 안내를 받았다. 오늘은 이대로 레스토랑에서 저녁을 먹고 호텔로 돌아가 쉴 것이라고 했다. 가족이 지척에 있는데 면회를 할 수 없다는 불합리한 상황에 스트레스를 받긴 했지만, 놀랍지는 않았다. 방북 때마다 흠칫했던 '면회'라는 단어에도 익숙해진 느낌이었다.

방문단은 저녁으로 평양 명물이라는, 널따랗고 얕은 놋쇠 그릇에 담긴 쟁반 냉면을 먹은 뒤 다시 버스에 올라탔다. 버스가 창광산호텔 입구에 들어서자 이루 말할 수 없이 그리운 감각에 휩싸였다. 첫 방북 당시 머물렀던 호텔이었다. 하지만 기억 속에 남아 있던 호텔보다 한참 낡은 모습에, 인기척도 없는 데다 을씨년스러운 분위기마저 감돌았다. 자세히 살펴보니 절전 중인 듯 조명을 거의 켜지 않은 상태였다. 폐관이 가까워서인지 손님이 적어서인지 호텔 직원을 찾는 데도 애를 먹었다. 가족 방문단 참가자는 평양에 도착한 다음 날부터 가족들이 사는 아파트에 묵는 경우가 많으니 상관없다는 뜻인지도 몰랐지만, 호텔의 모습이 마음에 걸렸다.

　1980년대 일본에서 온 가족 방문단이 묵는 외국인용 호텔은 세계 각국에서 찾아온 숙박객으로 활기가 넘쳤다. 외화만 사용할 수 있는 호텔 카페와 바에는 해외에서 출장 온 무역인과 북한의 무역인이 한자리에 뒤섞여 담소를 나누었다. 그들은 평양 시민 월급으로도 살 수 없는 커피나 맥주, 외제 담배를 손에 들고 호화로운 미팅을 열었다. 버블경제의 영향으로 씀씀이가 컸던 재일코리안 무역인들은 비행기의 퍼스트 클래스를 타고 중국을 경유해서 평양을 오갔고, 호텔 카페와 바를 제집처럼 드나들었다. 고려호텔 앞에서 성매매를 시도하던 여성들이 단속으로 사라지자 호텔 여종업원을 '사서' 방에 부르던 무역인들의 입국이 금지됐다는 소문이 퍼진 시기도 있었다.
　1990년대에 들어선 후 농업 정책 실패와 자연재해로 북한 전역에 번진 심각한 기아 문제를 전 세계에서 보도했다. 유니세프와 유엔이 조사한 북한의 아사, 영양실조 통계가 보도될 때마다 일본에 있던 우리는 안절부절못했다. 그러한 사정을 입증하듯이 북한 주민들 표정에서는 미소가 사라졌고, 거리에도 생기라고는 찾아볼 수 없었다.

　배정받은 호텔방에 들어가 다음 날 가족 방문을 위해 짐을 정리하고 있을 때, 노크 소리가 들렸다.

"양영희 동무 방입니까? 1층 커피숍에서 가족들이 기다리고 있습니다." 그렇게 나와야지! 나는 기뻐서 폴짝 뛰었다. 방문은 내일부터라고 듣긴 했지만 오빠들은 내가 평양에 도착하는 날이면 무조건 호텔로 찾아왔었기 때문에 신경이 쓰이던 참이었다. 혹시 모를 촬영에 대비해 캠코더 가방을 들고 1층으로 내려갔다. 인기척이 거의 없는 호텔 로비를 둘러보다 '커피'라고 적힌 간판을 찾아 들어갔다. 넓은 카페 안 딱 한 자리에 어른들과 아이들이 앉아 있었다. 나는 '오빠!'를 부르며 손을 흔들면서 테이블로 달려갔다. 거기에는 첫째 오빠 건오, 둘째 오빠 건화, 조카들, 새언니들이 있었다. 아이스크림을 먹던 어린 소녀는 나를 보고 놀라 눈을 깜박거리면서도 계속해서 아이스크림을 먹었다.

"선화, 영희 고모 왔네. 인사는?" 건화 오빠가 말했다.

"아이스크림 먹느라 필사적이야." 건오 오빠가 웃으며 대답했다. 모두가 선화에게 주목했다. 나는 안녕하세요, 말하고는 선화의 반응을 기다렸다. 어리둥절한 표정으로 내 얼굴을 바라보던 선화의 눈이 한순간 커졌다.

"고모!" 선화가 외쳤다.

사랑스러운 목소리에 선화를 제외한 모든 것이 시야에서 사라졌다. 눈앞에 나타난 귀여운 조카의 일거수일투족에 사로잡혔다. 아빠를 부르는 선화는 어릴 적 오빠를 부르던 내 모습과 똑같

왔다. 줄줄이 남자 조카만 태어나다 탄생한 대망의 여자 조카였다. 그 성장을 기록하기 위해 평양까지 온 나 자신을 칭찬했다. 부드러운 머리카락을 두 갈래로 높이 묶고 폼폼이가 달린 귀여운 스웨터를 입은 선화는, 평양에서 태어나 일제 물건에 둘러싸여 자라는 '복 받은 귀국자 2세' 그 자체였다. 선화가 착용한 머리끈, 입고 있던 스웨터와 속옷, 신발까지 모두 오사카에 있는 어머니가 보낸 것이었다. 평양과 일본에 있는 가족의 애정과 관심을 한 몸에 받고 자라는 선화의 표정에서 그늘은 찾아볼 수 없었다. 천사 같은 미소가 언제까지고 변하지 않기를 모두가 바라는 듯했다.

자기 오빠들이 어화둥둥 예뻐해주는 선화의 모습에서 우리 오빠들이 '귀국'하기 전 나의 모습이 겹쳐 보였다. 마치 내 분신 같은 선화의 애교스러운 말투에 녹아내릴 듯한 심정으로 캠코더를 들었다.

"이번에 또 큰 카메라 가져왔다." 오빠들이 말했다.

"이거 소리도 잡아. 지금 동영상을 찍는 거야. 설명은 나중에 하고 선화한테 집중할게." 조카들의 시선이 그렇게 말하는 내 손에 들린 캠코더로 쏠렸다.

나를 향한 선화의 솔직한 호기심이 신기했다. 선화가 엄마, 아빠, 오빠라는 말을 시작할 무렵부터 '고모'라는 단어도 가르쳤다고 한다. '일본에 있는 영희 고모'라는 미지의 존재에 대해 알려주었던 모양이다. 선화는 아이스크림을 남김없이 해치우고 나서야 나에게 안겼다. 내 귀걸이를 만지고 머리카락 냄새를 맡고 얼굴을 더듬었다. 세 살 조카는 말로만 들어왔던 고모의 실체를 확인하려는 듯 자신을 향한 캠코더 렌즈를 반대편에서 몇 번이나 들여다보았다.

사진으로 봤을 때는 아기였던 다른 조카들도 훌쩍 자라 있어서 놀랐다. 초등학교와 중학교에 다니는 지성이와 지홍이는 나를 만나러 온 호텔 카페에서도 다음 날 시험공부를 하고 있었다. 단어장과 문제집을 잠시 내려놓고 꾸벅 인사를 하는 조카들이 믿음직스러워 보였다. 대가족에 둘러싸인 선화가 웃었고, 선화가 웃으면 모두가 웃었다. 연출되고 강요된 미소가 아닌, 가족의 일상적인 표정이 거기 있었다. 그때 나는 이 미소를 찍기 위해 평양까지 온 것임을 확신했다. 더 이상 검열도 두렵지 않았다. 자신감을 갖고 당당히 촬영해서 떳떳하게 비디오테이프를 가져가기로 다짐했다.

시냇물 굽이굽이
어디로 가나

평양에서 나고 자란 조카 선화가 내 분신처럼 느껴지는 이유
가 하나 더 있다. 바로 선화와 나 둘 다 어린 시절 상실감을 겪었기
때문이었다. 다섯 살 때 엄마를 잃은 선화의 슬픔과 외로움을 내가
온전히 이해할 수 있다고 생각하지는 않는다. 다만 여섯 살 때 세
오빠와 헤어지면서 당연한 존재였던 가족이 갑자기 사라져버린 경
험은 나에게 트라우마가 되었다. 본인은 아무렇지 않다는 듯 행동
했지만, 어린 선화에게 엄마의 죽음은 커다란 상처가 됐을 것이다.

선화는 엄마에 대한 그리움을 입에 담은 적이 없다. 이복형제
들과 새엄마에 대한 배려일지도 몰랐다. 다만 어머니나 내가 평양

에 가면 딱 달라붙어 몸을 만지면서 계속 곁에 있고 싶어 했다. 어머니도 나도 항상 선화의 손을 꼭 잡고 있었다. 선화는 얼굴을 마주볼 때면 손에 힘을 꼭 주면서 우리에게 미소를 지어 보였다. 그것은 소리 없는 격려였다. 이루 형언할 수 없을 만큼 사랑스러웠다.

선화는 둘째 건화 오빠의 딸이다. 건화 오빠는 첫 번째 아내와 이혼하면서 지성, 지홍 두 아들을 데려왔고, 선화의 엄마인 정정순 씨와 재혼했다. 선화에게는 이복형제가 둘 있는 셈이다. 정순 씨는 초혼에서 이미 두 아들을 얻은 오빠와 결혼하며 전처가 낳은 아이들을 친자식처럼 돌봤다. 형 지성이는 아직 젖먹이였던 동생을 소중히 키워준 새엄마에게 절대적인 신뢰를 보였다. 어린 동생과 자신을 두고 떠난 친모에 대한 복잡한 감정을 새엄마에 대한 믿음으로 덮어보려고 했을지도 모른다.

그리고 정순 씨는 선화를 낳았다. 그때까지 오빠들 가정에서는 남자아이들만 태어났기 때문에 어머니는 첫 손녀의 탄생을 뛸 듯이 기뻐했다. 오사카의 상점가와 쇼핑몰을 걷다가 귀여운 옷이나 신발을 볼 때마다 선화한테 딱이라며 사들였다. 본가의 창고에는 선화에게 줄 선물이 쌓여갔다.

장남인 지성이는 선화를 무척 귀여워했다. 차남인 지홍이는 나이가 가까운 데다 장난꾸러기라 동생을 자주 울리곤 했는데, 그럴 때면 맏이가 막내를 안아 달래는 것이 일상이었다. 지성이가 안아주면 선화는 안심한 표정을 지었다. 동네 개구쟁이들도 지성이에게 혼날까 무서워 선화를 괴롭히지 못했다. 선화는 믿음직한 오빠들과 부모님, 그리고 할머니가 보내주는 일제 물건들에 둘러싸여 공주처럼 자랐다. 헬로 키티가 그려진 옷을 입은 선화가 돌아다니면 주위 어른들은 조부모 복이 있다며 부러워했다.

선화가 다섯 살이 되었을 무렵 정순 씨가 복통을 호소했다. 아파트 근처에 있던 진료소에서 위염이라는 진단을 받고, 처방약을 복용하던 중이었다. 며칠이 지나 다시 복통을 호소한 정순 씨가 출혈을 하며 쓰러져 큰 병원으로 옮겼으나 그날 숨을 거두었다. 사인은 자궁외임신이었다.

평양에서 전화로 며느리의 부고를 들은 어머니는 곧바로 뉴욕에 있는 딸에게 전화를 걸었다. 당시 나는 대학원에 들어가기 위해 영어 공부를 하면서 바텐더 아르바이트를 하고, 미국의 마이너리티 그룹을 취재하는 나날을 보내고 있었다.

"영희, 건화 부인이 죽었대. 자세한 이야기는 일본에 온 다음에 할 테지만, 아무튼 나는 평양에 다녀올 테니까 그동안 오사카에서 아버지를 좀 봐주지 않을래. 아버지가 매일 우시니까 큰일이네. 혼자 둘 수가 없어. 다음 주말에 니가타에서 만경봉호가 나가니까 투어에 넣어달라고 해놨어. 그거 타고 다녀올게." 하루 빨리 오사카에 돌아오라는 말이었다. 나는 곧장 뉴욕에서 오사카로 날아갔다. 어머니는 평양에 갈 준비로 바빴다. 정순 씨의 장례는 이미 끝

난 것 같았다. 외화를 이용하면, 게다가 가족이 일본에 있으면 묫
자리도 순조롭게 알아볼 수 있는 듯했다. 어머니는 비용을 마련하
면서 자식과 손주, 친척들에게 건넬 돈까지 챙겼다.

방북 준비로 분주한 어머니와 달리, 아버지는 반주를 할 때마
다 며느리의 죽음을 한탄하며 울었다. "그렇게 훌륭한 며느리는
또 없다. 자기가 낳지도 않은 손자들을 잘 키워준 고마운 사람인
데, 그 젊은 나이에 불쌍하게. 내가 대신 갔어야 했는데." 그러면서
눈물을 뚝뚝 흘렸다. 나는 그저 아버지 곁에서 할 일을 했다. 울지
말라고도, 울라고도 할 수 없어서 아버지의 말을 들으며 정순 씨와
나눈 몇 안 되는 대화를 떠올렸다.

어머니는 평양으로 날아가 며느리 무덤을 만들고 돌아왔다.
다섯 살에 엄마를 잃은 손녀 선화의 외로움을 생각하며 부모님은
'아이고, 아이고' 한숨을 쉬었다.

1년 뒤, 나와 어머니는 정순 씨 기일에 맞춰 방북했다. 선화가

엄마 무덤에 물을 뿌리고, 엄마 사진 앞에서 시를 낭독하는 장면은
이때 찍은 것이다.

> 시냇물 굽이굽이 어디로 가나
> 넓고 넓은 저 바다 품으로 가지
> 내 마음 훨훨 어디로 가나
> 구름 너머 그리운 장군별님께

• 〈구름 너머 그리운 장군별님께〉 중에서

교과서에 나오는 시를 외웠다고 했다. 슬픔 속에도 선화의 미
소가 보였다. 선화의 씩씩함에 모두 힘을 얻고 있었다. 엄마 무덤
앞에서 시를 읊는 선화의 목소리를 들으면서 고인을 떠올렸다. 정
순 씨는 무척 소박한 사람이었다. 결혼 선물로 어머니가 일본에서
보낸 속옷을 아깝다며 한 번도 입지 않고 상자에 고이 넣어 서랍에
보관해두었다고 했다. 예쁜 레이스가 달린 속옷을 몇 번이고 꺼내
서 물끄러미 보았다고 했다. 나도 선물로 드라이어를 가져간 적이
있다. 정순 씨는 따뜻하게 데운 클립을 머리카락에 돌돌 감아두었
다 빼면 컬이 생기는 과정을 신기하다는 듯이 보았다. "다음에 평
양에 오실 때 사용법을 가르쳐주세요"라던 말을 잊을 수 없다. 그
'다음'이 참묘가 될 줄이야…….

정순 씨는 결국 드라이어도 사용하지 못했다.

이 사람은
내 고모입니다

깊어가는 어느 가을 아침, 트롤리버스나 자전거를 타고 출근
길과 등굣길을 서두르는 이들로 가득한 평양 시내. 등에 새빨간 일
제 란도셀을 멘 선화도 아빠와 손을 잡고 그 거리를 걷고 있었다.
회색 스타킹 발목 부근에 미키 마우스가 보였다. 일본에서 할머니
가 보내준 재킷과 머플러 아래에는 사회주의국가 소년단원의 빨
간 스카프와 배지가 있었다. 사회주의를 몸에 두르고, 추위를 견디
기 위해 그 위에 자본주의를 덮은 모습이 선화를 둘러싼 환경을 보
여주는 듯했다.

　선화의 평상시 일과에 닿아 있는 그 순간이 새삼 고마웠다. 길

을 오가는 사람들의 표정과 복장, 아파트 외벽과 도로포장 상태 등 선화가 매일같이 보는 풍경을 기억하고 싶었다. 비가 그친 후의 공기와 콘크리트 냄새, 초목이 자라는 모양과 하늘색까지 이곳이 선화의 고향이자 살아갈 곳이라고 생각하며 바라보았다. 간판이 하나도 없는 삭막한 도시 풍경은 유럽의 시골 같은 느낌이었다. 품위 없는 상업광고가 넘쳐나는 도쿄에 살고 있는 나로서는 부럽기까지 할 정도였다.

"고모, 길이 울퉁불퉁하니까 조심해" "고모, 차 와" 선화는 길을 걸으면서 여러 번 고모! 고모! 외치며 말을 걸었다. 순수하게 나를 신경 쓰는 듯 보여도 실은 '카메라를 들고 있는 저 수상한 여자는 누구지' 신고를 망설이는 행인들에게 '이 사람은 내 고모입니다! 수상한 사람이 아닙니다!' 알려주는 것이었다. 어린아이면서도 캠코더를 든 고모가 자유롭게 촬영할 수 있도록 자연스러운 방식으로 배려해주고 있었다. 감시 체제 아래서 살아온 선화가 나보다 훨씬 어른스러워 보였다.

선화가 다니는 학교 정문 앞에 다다르자 등교 중이던 학생들이 캠코더를 든 내 주위로 몰려들었다. 남학생 여학생 모두 제복 같은 어두운 남색 옷을 입고 있었는데 신발이나 가방만큼은 다채로웠다. '저거 사진기야?' '선화 고모래' 하는 목소리들이 들려왔다. 내가 들고 있는 게 사진기라고 생각하길래 캠코더 측면의 작은

화면을 뒤집어 보여주었다. 자신들이 움직이는 모습이 비치자 아이들은 꺄, 하고 쑥스러워하면서 즐거워했다.

　배웅은 거기까지였다. 선화는 나에게 "바이 바이" 인사하고 교문 안쪽으로 들어갔다. 교실을 향해 달려가면서 몇 번이고 나를 돌아보았다. 고모와 보내는 비일상에서 자신의 일상으로 돌아갈 시간이었다.

기타 치는 새엄마

"내 고집을 피워서라도 당분간 재혼하고 싶지 않다. 정순이 같은 멋진 여자는 다시 없을 거다." 아내를 잃은 충격에 빠진 건화 오빠는 친구에게 말했다. 하지만 정순 씨가 세상을 떠난 직후부터 혼담이 들어오기 시작했다. 우습게도 재혼 생각이 없다는 오빠가 아내를 진심으로 사랑하는 사람이라고 소문이 나서 인기는 더욱 높아졌다. 하지만 무엇보다 큰 이유는 일본에서 정기적으로 생활비와 애정이 가득 담긴 소포가 온다는 사실이었다. 아이가 셋이나 있으니 재혼은 어려울 거라는 생각이 무색하게 방북해 있던 나와 '면접'을 요구하는 사람까지 있었다. 심지어 결혼을 원하는 여성

가운데는 이십대도 있었다고 한다.

"세 형제 중 제일 못난 내가 인기 있다니, 웃기지. 다들 미쳤어. 정순이에게 정말 고맙지. 아들을 소중히 키워주고, 선화를 낳아줘서." 오빠는 소극적으로 굴었지만 초등학교와 중학교에 다니는 아이가 셋이나 되니 엄마의 손길이 필요한 것도 사실이었다. 사촌들이 식사나 학용품을 챙겨주거나 아이들을 돌봐주기는 했어도, 언제까지 그들에게 의지할 수는 없는 노릇이었다. 시간이 지나면서 오빠는 아이들에게 엄마가 있어야 한다고 마음을 고쳐먹게 되었다.

오빠는 나에게 재혼 상대를 정할 때는 세 아이의 의견을 존중할 거라고 말했었다. 정순 씨의 일주기를 지내기 위해 나와 평양에 간 어머니는 "남자 혼자 어린애 셋을 어떻게 키우니. 이 불편한 나라에서 식재료 확보만 해도 얼마나 힘이 들까. 연이 닿으면 좋은 사람을 만날 수 있겠지만, 일본에서 돈을 보내준다는 이유로 시집오는 것도 곤란하고"라며 재혼 걱정을 했다.

어느 날 오사카 집으로 평양에서 보낸 편지가 왔다. 건화 오빠의 선배에 해당하는 분 따님을 아이들이 잘 따른다고 적혀 있었고, 오빠도 싫지 않은 듯했다. 어머니는 곧 답장을 썼다.

아이들이 잘 따른다면 마음을 정하렴. 어떤 사람이든 같이 살아봐야 아는 거지. 배편을 알아보고 결혼식 준비를 할게. 귀국자 가족이 아니면 일본에서 원조도 없겠네. 잘 알았다. 너는 세 번째라도 상대방은 초혼이야. 적어도 신부 의상은 입고 식을 올려야지. 새 신부랑 사부인 치마저고리는 내가 마련해주마. 어머니에게 맡기렴.

어머니는 익숙하게 부케를 주문한 후 신부와 신부 어머니의 치마저고리를 만들 원단 한 세트, 신부 아버지의 양복, 건화 오빠의 양복, 손자들 옷과 선화의 치마저고리까지 준비해서 평양에 가지고 갔다. 평양 재단사에게 원단을 맡기면 이삼일 만에 치마저고리가 완성됐다. 외화를 지불하면 무슨 일이든 빨리 진행되는 덕택이었다. 셋째는 한 번 결혼했지만 첫째는 두 번 결혼했고, 둘째 건화 오빠는 세 번째 결혼이었다. 그때마다 어머니는 결혼식에 필요한 것들을 일본에서 전부 들고 갔다.

결혼식 당일, 선화는 예식 중에도 신부인 혜경 씨에게 달라붙어 있을 정도로 새엄마를 따랐다. 어머니는 그 모습을 보고 안심했다고 한다.

새로운 엄마 혜경 씨를 맞아 가족을 만들어가려는 선화, 지성과 지홍 그리고 아빠인 건화 오빠까지, 이들의 팀워크는 대단하다. 그들은 가족이란 상호 협력을 통해 만들어진다는 사실을 본능적으로 알고 있었다. 얼핏 가부장적으로 보이는 건화 오빠는 실은 세 오빠들 중에도 가장 자식을 아끼고, 아내와 평등한 관계를 쌓는 사람이었다. 선화네 다섯 식구는 모두가 혈연으로 맺어진 것이 아니기 때문에 더욱 서로를 존중하며 팀으로서 함께 살아갈 각오가 된 것처럼 보였다.

음악가 아버지를 둔 혜경 씨는 기타를 좋아했다. 내가 일본에서 가져갈 기념품으로 무엇을 받고 싶은지 물었더니 "기타 줄을 부탁드려도 될까요. 그것만 있으면 충분합니다"라고 답했다. 〈굿바이, 평양〉에 혜경 씨가 기타를 연주하며 노래하는 장면이 나온다. 북에서 유행하는 노래라지만, 가사나 멜로디가 기억하기 쉽고 듣기 좋아 캠코더로 찍던 나도 가만 귀를 기울였다.

언제나 철없는 자식을 위해 한평생 고생하신 나의 어머니. 웃음보다 눈물이 많으셨기에 고생인들 얼마이시랴. 아아, 어머니! 사랑하는 나의 어머니! 이 아들의 소원입니다. 오래오래 건강하세요. 이제는 다 자란 자식을 두고 아직도 못 놓으시는 어머니. 마음 철없던 그때처럼 돌보시기에 희어지신 어머니 머리. 아아, 어머니! 사랑하는 나의 어머니! 저 하늘이 영원하듯이 오래오래 건강하세요.

• 제목 미상

새엄마 혜경 씨가 노래를 부르자 그 자리에 있던 모두가 자신의 어머니를 떠올리는 듯했다. 아버지는 열다섯 때 제주도에서 헤어진 채 두 번 다시 만나지 못한 할머니를, 세 오빠들은 오사카에 살면서 물자 공급에 여념이 없는 어머니를, 올케언니들은 친정어머니를, 선화의 이복형제인 지성과 지홍은 자신을 두고 떠나간 친모와 그 이후 자신들을 키워준 정순 씨를, 선화도 다섯 살 때 사망한 친모 정순 씨를. 이 얼마나 보편적인 노래인가. 전 세계의 언어로 번역되어 불리면 좋겠다.

필사적인 전화 통화

　일본에서는 북한을 '가깝고도 먼 나라'라고 표현한다. 국교가 없어서, 정보가 많지 않아서, 자유롭게 왕래할 수 없어서, 그런 이유들 때문일 것이다. 흐릿하고 막연한 말이라고 전부터 생각해왔다. 실제로 그 나라에 가족이 살고 있는 사람의 입장에서 가깝고도 먼 나라라고 느끼는 이유는 더욱 구체적이다. 거리상으로는 가까운데, 우편도 왕래도 직행이 불가능하다. 시간이 많이 걸린다. 그 말인즉슨 그만큼 돈도 많이 든다는 뜻이다. 가장 알기 쉬운 예가 전화다.

　오빠들이 북으로 간 초반에는 편지가 유일한 연락 수단이었다. 1980년대에 들어서자 북에서도 콜렉트콜을 걸 수 있게 되었다. 국제전화 교환원을 통해 일본에 있는 상대방에게 국제전화를 받을지 확인해달라고 하고(금액 지불 여부에 대한 확인 절차이기도 하다), 승인이 나면 연결되는 식이다. 이후 콜렉트콜 절차도 점점 간소해졌다. 평양의 자택에서도 걸 수 있게 되었고, 이후에 평양에서 직통으로 콜렉트콜이 아닌 국제전화를 걸 수 있게 되었고, 마침내 일본 집에서 평양으로도 직통 국제전화를 걸 수 있게 되었다. 처음에는 음질이 나빠서 무슨 말인지 알아듣기 힘들었지만 그 또한 점차 개선되어갔다.

그러나 1990년대에 상황이 바뀌면서 더 이상 평양의 가족들과 직통전화를 하지 못했다. 전화국을 통해 콜렉트콜을 걸 수는 있었지만, 인민반 감시인이 동행해야 한다는 등의 규정이 생겨 여러모로 불편해졌다. 심각한 굶주림에 시달리던 사람들이 죽고, 송금을 해주던 일본 가족들조차 생활이 어려운 시기였다.

물론 전화나 편지도 도청과 검열이 있다는 전제 아래 오가기 때문에, 제대로 이야기를 나누려면 방북하는 것밖에 방법이 없었다. 자식들을 북으로 보낸 부모님에게 가끔 듣는 자식과 손주들 목소리는 살아갈 원동력이 될 만큼 중요했다. 전화요금은 10분에 5천 엔 정도로 무척 비쌌다. 어머니는 전화를 할 때마다 오빠와 며느리, 손주들 한 명 한 명과 이야기하고 싶어 했다. 내용은 늘상 똑같았다. '건강하니?' '필요한 건 없니?' '약은 먹고 있고?' 아버지와 내가 전화요금이 많이 나오니 빨리 끊으라고 옆에서 재촉해도 듣지 않았다. 어머니에게 북의 가족들과 통화하는 시간은 살기 위해 충전을 하는 시간이었다. 오빠들은 미안해하면서 콜렉트콜을 걸어왔지만 어머니는 기꺼이 오랜 시간 통화를 했다.

〈굿바이, 평양〉에 부모님이 장남 건오 오빠 부부한테 걸려온 콜렉트콜을 받고 대화를 나누는 장면이 있다. 조울증을 앓던 오빠가 전화를 걸어온다는 것은 컨디션이 좋다는 증거라서 어머니는 무척 기뻐 보였다. 아버지는 올케언니에게 감사 인사를 아끼지 않았다.

"어쨌든 다 맡겨서 미안하게 생각한다. 국교 정상화가 실현되면 서로 오가고 그러자." 아버지가 말했다.

"건오가 잘 지내면 어머니도 잘 지내는 거야. 알지, 텔레파시가 통하니까. 건오가 힘들어할 때면 꼭 꿈을 꾸거든. 내가 기분이

좋을 때면 아, 건오도 잘 지내나 보다 싶고. 부모 마음이 그런 거야. 정치 상황이 호전되면 비행기로 바로 날아가겠지. 몇 년 후가 될지 몰라도 아버지 장례식은 외롭지 않게 할 테니까, 하하하." 어머니가 말했다.

어머니도 아버지도 통화할 때는 긍정적인 이야기만 했다. 일본에 있는 부모님은 평양에 있는 자식들 마음이 조금이라도 밝아지도록 필사적으로 격려의 말을 건넸다.

마지막 인사

　　2005년 9월, 4년 만에 평양을 방문했다. 모처럼 하는 가족 방문이 기쁘지만은 않았던 이유는 체류 기간 대부분을 지난해 뇌경색으로 쓰러진 아버지 상태를 설명하는 시간으로 채웠기 때문이다. 조울증을 앓고 있던 첫째 건오 오빠를 대신해 둘째 건화 오빠에게 알리고 싶었다. 북에 사는 가족들에게 일본의 간호 체계를 정확히 전달하기란 쉽지 않았지만, 의료보험이나 간호 체계 등에 대해 걱정하지 않도록 최대한 자세히 설명했다. 동시에 아버지의 입원 생활을 완벽하게 뒷바라지하는 데 필사적인 어머니가 걱정이라고 털어놓았다.

조카 선화도 오빠들에게 설명하는 내 목소리에 귀를 기울이고 있었다. 모두 "영희 혼자한테 부모님을 맡겨서 미안하다. 내 몫까지 열심히 해달라"고 몇 번이나 부탁해왔다. 그때마다 나는 혼신의 힘을 다하고 있고, 더 이상은 불가능할 정도로 무리하고 있으니 제발 쉽게 힘내라고 하지 말아달라. 격려의 편지도 보내지 말아달라고 솔직하게 말했다. 무심코 늘어진 내 머리를, 중학생이 된 선화가 쓰다듬어주었다. 선화는 아무 말 없이 그렇게 내 머리를 쓰다듬고 손을 잡아주었다.

오빠 가족들에게 전할 중요한 이야기가 또 하나 있었다. 그전까지 방북해서 촬영한 영상을 모두 모아 가족 다큐멘터리 영화를 완성했다는 사실이었다. 예전부터 만들 생각이라고 말은 했지만, 이 방북 직전에 〈디어 평양〉을 완성했기 때문에 출연자인 오빠들에게 알려야 했다. 이미 부산국제영화제 상영이 정해진 상태였다. 영화제와 영화에 대해 뜨겁게 논하는 여동생을 보면서 오빠는 "네가 하고 싶은 일을 하면 돼. 우리 걱정은 하지 마"라고 말해주었다. 말이 나오지 않았다. 오빠에 대한 고마움과 죄책감과 불합리에 대한 분노, 그리고 새로운 결의가 마음속에 뒤섞였다. "내 동생이 영화감독으로서 한국에 가는 셈이네. 힘내." 오빠는 덧붙였다.

일본으로 귀국하기 전날, 선화가 호텔로 찾아왔다. 내일 중요한 시험 때문에 일본으로 돌아가는 나를 배웅할 수 없어, 미리 작별 인사를 하러 왔다고 했다. 선화는 조금 외로워 보였다. 지난번 방북 때는 빨간 란도셀을 멘 소녀였는데, 어느새 수재 학교로 유명한 평양외국어대학 부속중학교를 다니는 학생이 되어 있었다. 매일 테스트를 봐서 예습 복습이 힘들다고 했다. 함께 호텔에 온 건화 오빠도 애가 공부만 한다고 걱정이었다.

호텔을 나와 둘이서 산책을 했다. 평양여관에서 대동강 산책로를 잠시 걸어 평양대극장 앞 광장에 도착했다. 대극장 계단에 앉아서 선화와 마주 보았다. 캠코더로 선화를 찍으면서 이런저런 이야기를 나누었다. 평양대극장은 연극이나 가극을 상연하는 곳이었다. 선화도 여러 번 온 적이 있다고 했다. 나는 선화 나이 때부터 연극에 빠졌다고 말해주었다. 선화는 연극에 흥미가 없다며, 시시하다는 듯한 표정을 지었다. 그러다 갑자기 무언가 떠오른 듯 목소리를 낮추었다.

"고모, 카메라 꺼. 셧다운! 셧다운!" 갑자기 선화가 캠코더를 끄라고 말했다. 비밀스럽고 심각한 상황인 걸까, 심장이 멎을 듯바짝 긴장했다. 나는 캠코더를 껐다. 도대체 무슨 말을 꺼낼지 상상도 안 갔다.

"고모는 지금까지 어떤 연극을 봤어?" 선화는 호기심 가득한 생기로운 표정으로 물었다.

내 귀를 의심했다. 아주 일반적인, 사건성이라곤 없는 평범한 질문에 맥이 빠졌다. 이 아이는 이런 질문을 하려면 캠코더를 꺼야겠다고 판단했구나. 고작 연극에 관한 대화일 뿐인데 녹화를 하면 문제의 소지가 있을지 모른다고 생각한 것이다. 사춘기 소녀가 이렇게까지 위축되어 살아가야 하는 감시 체제란 대체 무엇인가. 이토록 민감하게 상황을 의식하는 아이에게 계속 렌즈를 들이댄 나의 무신경함이 부끄러웠다. 선화가 살아가는 불합리한 사회를 떠올리자마자 마음에 그늘이 드리웠다.

감정적으로도 감상적으로도 반응하고 싶지 않았다. 선화와 보낼 수 있는 마지막 시간을 즐거운 대화로 가득 채우고 싶었다. 나는 생각을 고쳐먹고 내가 중학생이던 1970년대의 오사카와 도쿄, 유학 간 1990년대 이후의 뉴욕 브로드웨이에서 본 연극과 뮤지컬 이야기를 들려주었다. 선화는 눈을 크게 뜨고 내 이야기를 들었다. 연극이나 뮤지컬은 실제로 봐야지, 이야기를 듣는 것만으로는 알 수 없다. 하지만 그런 것은 아무래도 좋았다. 카메라에 담을 수 없는 그 시간이 무척이나 소중했다.

선화가 나를 평양호텔 로비까지 데려다주었다. 로비에서 작별 인사를 나누고도 헤어지기 아쉬워 서로 손을 잡은 채 시간을 마냥 흘려보냈다. "고모가 곧 또 올게. 다음에 평양 오면 더 많이 이야기하자. 선화랑 계속 붙어 있을 테니까." 선화는 몇 번이나 안녕이라고 인사하면서 문까지 갔다가 돌아왔다. 이번에는 내가 선화를 호텔 바깥까지 배웅하기로 했다. 선화를 쫓아내듯이 돌려보냈다. 선화는 아빠와 함께 걸음을 떼면서 끊임없이 나를 돌아보며 손을 흔들었다. 이것이 선화와의 마지막 만남이 되었다.

매일 잘 먹고,
조금 웃자

"힘내서 병을 고쳐서 집에 가자. 가족을 만나러 평양에 가자."
이 말은 아버지를 격려하고 어머니에게 용기를 주었지만, 꿈같은
이야기였다. 뇌경색으로 쓰러져 겨우 자리만 보전하는 아버지의
병환은 생각보다 훨씬 무거웠다.

아버지를 집에 데려갈 수 없을지도 모른다는 사실을 깨달은
어머니는 병실을 아늑하게 만들기로 했다. 햇살이 강한 서향 창문
에 달린 병원 커튼 위에 이중 커튼을 달았다. 침대에는 크고 작은
쿠션을 두고 아버지가 잘 때 자유롭게 자세를 바꾸어 욕창이 생기
지 않도록 세심한 주의를 기울였다. 아버지가 좋아하는 추억의 한

국 가요를 언제든 들을 수 있도록 CD와 플레이어도 마련했다. 자기 집처럼 매일 쓸고 닦아 먼지 하나 없는 병실을 유지했다. 청소 담당자가 올 때마다 미안해하며 돌아갔을 정도다.

어머니의 헌신적인 간호는 병원 내에서도 유명했다. 아침 식사는 간호사가 먹였지만, 점심과 저녁은 반드시 어머니가 먹였다. 또 병원식만 먹으면 아버지가 가엾다며 집에서 된장국과 나물, 과일을 날랐다. 어머니는 병원 반찬은 남겨도 자신이 만든 반찬은 깨끗이 비우는 아버지를 보고 기뻐했다. 간병인들이 아버지 기저귀를 갈 때도 어머니는 생글생글 웃으며 도왔다. 처음에는 기저귀를 꺼려하며 싫어하던 아버지도 대소변을 볼 때마다 어머니가 잘했다고 칭찬해주자 점차 기분이 나아지는 것 같았다. 어머니는 가려운 곳을 긁어주며 세심하게 아버지를 돌보면서도 아버지의 자존심이 상하지 않도록 배려하는 것도 잊지 않았다.

하루는 기저귀 교체를 마친 시점에 내가 병실로 들어갔다. 새 기저귀로 갈아준 간병인이 아버지에게 잠옷을 입히려고 할 때, 어머니가 "이제 괜찮습니다" 하고 말했다.

"기저귀에 습기가 차가지고 가려워하는 것 같아서 아버지 고추에 바람을 좀 쏘여줄까 하는데, 도와줄래?" 어머니는 뜨거운 물에 적신 후 물기를 짠 수건으로 아버지 성기 주변을 닦기 시작했다. 나는 아버지 성기를 집어 올리고 부채를 부쳤다. 딸의 행동에 어머니뿐만 아니라 움직이지 못하는 아버지도 조금 놀란 듯했다.

"기분 좋아? 땀이 찰 만도 하지." 나는 계속 부채를 흔들며 말했다.

"좋~습니다!" 아버지는 기분 좋게 미소 지었다.

그러고 보니 아버지의 알몸을 본 것은 그때가 처음이었다. 어렸을 때 집에 욕조가 없어서 매일 목욕탕에 갔는데, 나는 늘 어머니와 함께 여탕에 갔다. 이웃집 친구들은 성별에 관계없이 어머니와는 여탕에, 아버지와는 남탕에 갔다.

"아버지랑 목욕하러 갈래?" 어느 날 어머니가 나에게 물었다.

"남탕 따위 안 가도 돼. 목욕은 어머니랑 가." 아버지가 대답을 가로챘다.

아버지는 집에서 속옷을 갈아입을 때도 나에게 보이지 않도록 다른 방에서 갈아입었다. TV 드라마에는 알몸으로 가족 앞을 돌아다니는 아버지가 나왔지만, 우리 아버지는 다른 타입이려니 생각했다. 그렇게 어린 시절을 떠올리면서 부채를 부쳤다.

아버지의 얼굴을 젖은 수건으로 닦아주는 어머니, 치아에 묻은 얼룩을 칫솔로 떼어주는 어머니, 욕창이 없는지 살펴보는 어머니, 잠옷과 시트가 조금이라도 더러워지면 바로바로 갈아주는 어머니, 더러운 기저귀를 갈면서 '잘했네!' 하고 기뻐하는 어머니……. 아버지를 지극정성으로 간호하는 어머니를 보면서 나도 이렇게 키워주셨을 거라 생각하니 가슴이 먹먹해졌다.

젊고 건강할 때부터 함께 달려온 두 사람은 아플 때도 손을 맞잡고 천천히 같이 걷고 있었다. 아버지와 어머니가 자랑스러웠다. 한편으로 다가올 미래가 너무도 걱정됐다. 언젠가 아버지가 돌아가시고 난 후, 나는 어머니를 얼마나 소중히 돌볼 수 있을까. 생각할수록 우울해졌고 자신감은 떨어졌다. 그럴 때면 어김없이 평양에서 편지가 왔다.

'아버지 용태가 호전되면 평양에서 요양하는 것이 어떨까요? 조선에도 좋은 온천이 있습니다. 모두 힘을 합쳐서 병을 이겨냅시다.' 너무도 비현실적인 편지 내용에 나는 그만 할 말을 잃었다. 이 시점에도 송금을 해달라고 간청하는 친척의 편지를 받았을 때는 공포심마저 느꼈다. 어머니에게 말만 하면 무엇이든 보내주는 관계가 이미 구축되어 있다는 사실에 절망스럽기도 했다. 어머니한테 보여주지 않고 숨겨둔 편지도 있었다. 죄송했지만 화가 났다. 어쩔 수 없다고 생각하면서도 마음은 따라오지 못했다. 평양에 있

는 가족들에게 걱정 끼치고 싶지 않다며 마냥 긍정적인 내용의 편지를 보내는 어머니에게도 그만두라고 부탁했다.

아버지의 입원 생활이 길어지면서 어머니와 나는 아버지 앞에서 평양에 있는 가족들 이야기를 꺼내지 않았다. 다시 만날 가능성이 적은 가족 이야기를 하는 것이 잔인하게 느껴졌기 때문이다. 그 변화를 눈치챘던 건지는 모르겠지만, 아버지도 더 이상 세 아들과 가족에 대해 말하지 않게 되었다. 매일 잘 먹고 조금이라도 웃자, 그것이 일본에 있는 세 식구의 목표가 되었다.

가족에게 헌신적인 어머니에 대한 고마움과 동시에 큰 책임감이 밀려왔다. 언젠가 어머니가 몸져눕는다면, 어머니에게 치매가 온다면 어떨까. 어머니의 생애 마지막 순간들이 어떨지는 오롯이 나에게 달려 있었다. 나의 감정, 나의 도량 그리고 나의 경제력에 달려 있었다.

하지만 아버지를 완벽하게 간호하려는 어머니를 보조하면서 내 삶은 이미 파탄 나고 있었다. 정신적으로도 경제적으로도 여력이 없었다. 언제쯤이면 혼자가 될 수 있을까. 어떻게 해야 가족에게서 해방될 수 있을까. 그런 생각을 할 때마다 또다시 죄책감에 시달렸다.

아버지 옆에 누워

　아버지는 나날이 쇠약해져갔다. 더불어 매일 병원을 찾는 어머니와 매달 도쿄에서 오는 딸에게 민폐가 되어간다고 느꼈던 듯하다. 자신이 가족의 짐이라는 불안감은 아버지로 하여금 차라리 죽는 게 낫다고 생각하게 만들었다. 마음대로 움직일 수 없는 몸에서 통증을 느낄 때, 아버지는 "죽여줘!"라고 외치게 되었다. 아버지의 외침은 어머니와 나를 당황하게 했고, 우리는 아버지를 어떻게 달래면 좋을지 고민했다.

　그날도 아버지가 "이제 됐어. 죽여줘"라고 말했다. 어머니는 "무슨 바보 같은 말인지 원"이라며 세탁물을 들고 병실 밖으로 나갔다. 아버지는 "왜 못 죽게 해. 이런 몸이 됐는데 어째서 죽으면 안 돼"냐며 나를 몰아붙였다. 말문이 막혔다. 아버지를 설득할 만한 답을 찾을 수 없었다. 아버지는 조금 흥분해서 심각한 얼굴로 내 대답을 기다리고 있었다.

"아버지가 죽으면 영희가 아버지! 하고 부를 사람이 없잖아. 그럼 내가 쓸쓸해. 영희 아버지는 하나뿐인데, 다른 사람은 될 수 없는데. 아버지가 죽으면 내가 곤란해. 그러니까 영희를 위해 조금만 더 힘내요." 잠시 생각하던 나는 아버지를 향해 필사적으로 호소했다.

"그렇구나, 알았다." 아버지가 대답했다. 그리고 큰 소리로 울었다. 수년간의 스트레스를 단번에 분출하는 듯한 소리였다. 나도 함께 소리 높여 울었다.

나는 그때부터 아버지의 침대 옆에 올라가 낮잠을 잤다. 자기 곁에 눕는 마흔 넘은 딸을 보면서 아버지는 다시없을 만큼 기뻐했다. 더 이상 죽여달라고도 하지 않았다.

3 모든 행위가 기도였다

기억의 실을
손으로 감듯

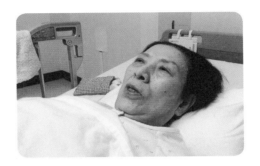

사방에서 빵빵 총소리가 들리니까. 제주 아낙들이 많이 죽었
어. 학교 운동장에다 강제로 끌어내서 일렬로 세워놓고 기관
총으로 두두두. 끔찍하지.

• 〈수프와 이데올로기〉 중에서

어머니가 입원 중인 병실 침대에 누워 제주4.3사건의 체험을
이야기했다. 이때 어머니는 돌연 생생하게 1947년 3월 1일 관덕정
에서 목격한 내용, 1948년 4월 3일 이후 마을에서 일어난 살육의
현장, 잔혹하게 살해당한 자신의 큰아버지와 그 아들에 대해 이

야기했다. 어머니가 제주4.3사건의 생존자임을 강렬하게 알리며 〈수프와 이데올로기〉가 시작된다.

아버지가 뇌경색으로 쓰러져 입원 생활을 시작할 무렵부터 어머니와 둘이 보내는 시간이 많아졌다. 오사카에 갈 때마다 이불을 나란히 깔고 누워 밤늦게까지 어머니의 옛이야기를 들었다. 아버지와의 만남, 신혼 생활, 아들 셋을 북에 보냈을 때의 본심, 그리고 열다섯 살부터 열여덟 살 사이에 제주도에서 보낸 시간 등 이야기는 끝이 없었다.

2009년에 아버지가 돌아가신 후, 대동맥류가 발견된 어머니는 입퇴원을 반복했다. 아버지를 간호하던 무렵과는 다른 사람인 것처럼 약해져만 갔다. 나는 병원에 가는 어머니와 동행하기 위해 도쿄에서 오사카를 자주 오갔고, 어머니가 입원해 있을 때는 오사카 집에서 병실을 드나들었다.

"앞으로 얼마나 살려나. 이제 아들과 손주들을 또 만날 수 있을까? 영희만 혼자 일본에 남으면 불쌍해서 어쩔꼬" 체력이 떨어진 어머니는 부정적인 말만 입에 올렸다.

"어머니가 삶에서 마지막 할 일은, 지금까지 말하지 않은 것을 내 카메라 앞에서 말해주는 거 아닐까? 그러면 어머니가 돌아가셔도 손주랑 증손주가 할머니를 알 수 있잖아. 아들을 북조선에 보낼 때의 진짜 기분이나 평양에 갈 때마다 느낀 거, 아무거나 좋아요. 어머니의 역사를 남기자."

"너, 카메라로 찍어서 어머니 영화도 만들래? 빨리 안 하면 어머니가 못 보겠다, 부탁할게."

"알았어. 어머니 영화를 만들게. 부부가 각자 다큐멘터리 주인공이라니 멋있네. 재밌겠다."

어머니를 응원하기 위해 영화 제작을 선언해버린 나는 어쨌든 캠코더로 촬영을 시작했다. 추억담만으로 영화를 만들 수 있을 거라고 생각하지는 않았지만, 시간과 돈을 들여 오사카에 오기 위해서는 다른 동기부여도 필요했다. 효녀인 척 모든 것을 감수하는 데는 한계가 있었다. 현실적으로 오사카와 도쿄의 왕복 신칸센 비용 3만 엔은 가난한 다큐멘터리 영화감독에게는 출혈이 컸다. 그래도 나는 다른 무엇보다 오사카행을 우선시했다.

어머니는 언젠가부터 제주4.3사건에 관한 구체적인 기억을 입에 올렸다. "전에 4.3에 대해 말했잖아. 그 후에 꿈도 꿨는데, 조금씩 여러 가지가 기억이 나려고 하네." 기억의 실을 손으로 감듯이 어머니는 신중하게 이야기했다. 이전에 단편적으로 4.3사건을 말하기 시작했을 무렵에는 조금 이야기하다 멈추고 또 이야기하려다 멈추기를 반복했다. "이 이야기는 아무한테도 하면 안 돼. 4.3은 특별해. 절대로 들키면 안 돼, 무서운 일이 일어난다니까! 너희는 몰라. 더 묻지 마." 마치 누군가에게 감시나 도청이라도 당하는 것처럼 경계했다.

　나는 어머니에게 민주화를 이뤄낸 한국이 어떻게 변했는지 알려주었다. 제주도에 '제주4.3평화공원'이 있고 희생자와 행방불명자를 위한 묘지가 있다는 것, '제주4.3평화기념관'에서는 후세에 참혹한 사건을 전하기 위해 훌륭한 전시를 하고 있다는 것, 대통령도 과거의 실수를 인정하고 새로운 법을 만들어 희생자와 유족의 명예 회복에 힘쓰고 있다는 것 등을 말이다. 하지만 어머니는 여전히 군사독재 정권 시절의 한국을 떠올리고 있었다.

　"한국이 그렇게 바뀌었을까, 흐음."

　"그러니까 어머니, 정말로 이제 말해도 괜찮아요."

　내가 말하자 어머니는 오랫동안 뚜껑을 덮어두었던 기억들을 꺼내, 조금씩 이야기하기 시작했다. 제주4.3사건에 대한 어머니의 회고는 왜 오사카에 제주도 출신자가 많은지, 쓰루하시란 어떤 장소인지 알려주었다. 설마 어머니의 가라오케 친구인 '고씨 아줌마'가 제주4.3사건의 생존자였을 줄이야.

　"고씨 아줌마는 나보다 훨씬 더한 경험을 했어. 그러니까 한국을 지지하는 남편과 싸워가면서 조총련 부인부 활동을 그래 열심히 했지. 남편이 반대해도 아이들을 조선학교에 보냈고. 노래는 못해도 신념은 참 곧은 사람이야." 어머니의 말은 놀라웠다. 개인의 선택에는 모두 각자의 이유가 있다는 사실을 재인식했다. 고씨 아줌마는 이미 세상을 떠났다.

"지금 그 아줌마가 살아 있다면 '영희, 내 영화도 만들라'고 할 것 같아. 정말 사람 좋았는데 죽었지. 그 한국 좋아하는 남편은 살아 있지만." 어머니의 이야기를 들으면서 고씨 아줌마의 남편이 한 선택에도 이유가 있겠지 생각했다.

　어머니가 하는 증언의 가치가 엄청나다는 사실은 촬영이 진행될수록 통감했다. 다만 그것만으로 장편영화를 만들기란 무리라는 판단도 내렸다. 일단 촬영을 해서 내용을 모아 단편영화를 만들면 어머니와 한 약속을 지킬 수 있지 않을까 막연히 생각했다. 그때까지는 이 영화에 또 한 명의 주인공이 나타날 줄은 꿈에도 몰랐다.

세포에 스며든 노래

　　아버지는 노래를 즐겨 불렀다. 그도 그럴 것이 열다섯까지 살던 제주도에서 노래자랑 대회에 나가 준우승을 한 적도 있었다. 우승자는 육지로 올라가서 가수 데뷔를 했다고 한다. 아버지는 가수란 꿈을 이루지 못하고 통조림 공장에 들어갔다가, 먼저 오사카로 건너간 두 형에 의지한 채 연락선인 '기미가요마루'에 몸을 실었다. 뭐라도 되겠다던 섬 소년은 이국땅에서 고향을 떠올릴 때마다 노래를 불렀다.

　　〈수프와 이데올로기〉 초반부에 아버지가 부르는 〈제주자랑가〉. 나는 이 노래가 제주도민뿐 아니라 한국인이라면 모르는 사람이 없는 유명한 노래일 것이라고 생각했다. 한국 국적을 취득하고 한국을 방문하기 시작한 2004년부터 만나는 사람마다 이 노래를 아느냐고 물어보았다. 놀랍게도 서울은 고사하고 제주에서 만난 사람들까지 처음 듣는다고 했다. 구전으로 전해지는 노래였을까? 검색해봐도 찾을 수 없었다. 인예니 번역가가 절반 이상 가사가 겹치는 노래를 발견했다. 널리 알려진 노래는 아니었던 모양이다. 아버지는 이 노래를 언제 배웠을까? 누가 어디에서 알려준 노래인지 확인해두지 않은 것이 후회됐다.

일출은 성산 낙조는 사봉
영실 산방에 명승이 종종
한라산 허리에 흰 구름 좋다
에라 좋구나 제주도로구나
자라는 농민 부富하는 제주
이 집 저 집에 웃음이 낭랑
섬나라 이 땅에 살기도 좋다
에라 좋구나 제주도로구나

• 〈제주자랑가〉

아버지는 휴간일休肝日♦ 없이 매일 반주를 들었고, 취기가 오르면 노래를 불렀다. 처음에는 북조선 노래, 다음에는 조총련 노래가 이어졌다.

일본 땅의 여기저기 우리 동포 사는 곳에
자랑스러운 총련 조직 뻐젓하게 꾸려놓고
조국 위해 권리 위해 모든 희생 무릅쓰고
슬기로운 일꾼들이 단결하여 일합니다
수령님의 높은 교시 심장으로 받들고서
사업하는 우리 자랑 이만저만 아니라오

•〈우리 자랑 이만저만 아니라오〉 중에서
(작사 한덕수, 작곡 리면상)

아버지가 노래를 부르면 어머니는 박수를 치며 자연스레 거들었다. 부엌 식탁을 사이에 두고 부부가 웃으며 노래하는 광경은 특별한 일이 아니라, 우리 집 일상이었다. 금슬 좋은 그 모습에 흐뭇해하면서도 다음 순서로 내가 지명당하기 전에 방으로 도망치곤 했다.

서로를 존중하며 배려하는 부모님이 부러운 한편, 자신들의

♦ 애주가 간의 건강을 위해 술을 마시지 않는 날.

개인숭배에는 의문을 품지 않으면서 타인이 소속된 종교는 절대 인정하지 않으려는 태도에 위화감을 느꼈다. 집에서도 정치적 지향성이 뚜렷한 노래를 부르는 부모님 모습은 좋게 말하면 앞뒤가 다르지 않은 순수의 화신으로, 나쁘게 말하면 시야가 좁은 맹신자로 보였다.

아버지가 김일성과 노동당에 충성을 다짐하는 노래에 이어 부르는 노래는 〈임진강〉과 〈통일의 노래〉다. 이쯤에는 대략 아버지 눈에 눈물이 맺혀 있다. 거기서 더 취기가 오르면 고향의 〈제주 자랑가〉와 그리운 한국의 옛 가요 〈목포의 눈물〉이 계속된다. 아버지는 정말이지 〈목포의 눈물〉을 좋아해서 거의 매일 밤 불렀다. 이 노래를 부를 때가 가장 있는 그대로의 모습에 가까운 것 같았다. 나는 〈목포의 눈물〉을 부르는 아버지를 좋아했다.

인간은 어린 시절 반복해서 들었던 노래를 잊지 못하는 모양이다. 나도 초등학교 때 매일 TV에서 들었던 가요를 지금도 기억한다. 아이돌 가수의 노래는 안무까지 선명하게 떠올라서 춤도 똑같이 따라 출 수 있을 정도다. 몇 번이고 거듭해서 들은 문장이나 멜로디는 세포에 스며드는 것이 아닐까. 옛 CM송이 멋대로 입에서 흘러나올 때도 있다.

아버지에게 '세포에 스며든' 노래는 제주도에서 불렀던 옛 가요일 것이다. 분명 이카이노의 동포들과 함께 고향의 노래를 불렀을 터이다. 그 후 재일조선인 인권운동에 참여하고 정치운동에 몰

두하다 1955년 조총련이 결성된 이후에는 북조선을 칭송하고 조총련 활동을 자랑하는 노래들로 뒤덮인 인생을 보냈다. 세포에 스며든 노래가 아닌 머리로 외운 노래를 오랜 세월 부른 셈이다.

그러던 아버지가 병실에 누워 있을 때는 한국의 옛 가요에만 미소를 지었다. 북조선 노래와 조총련 노래에는 전혀 반응을 보이지 않았다. 가사는 떠올리지 못해도 무너진 음정으로 〈목포의 눈물〉을 따라 부르려고 소리를 냈다. 어머니와 나도 함께 불렀다. 나는 아버지의 손을 잡았고 어머니는 당신 손으로 박자를 맞췄다. 한국의 옛 가요만이 아버지와 공유할 수 있는 노래가 된 것이었다. 5년 하고도 반년의 투병 생활 동안, 셋이서 〈목포의 눈물〉을 몇 번이나 불렀을까. 어느새 이 노래는 내 몸에도 스며들게 되었다.

어머니, 스무 살

　십대까지의 사진이 단 한 장도 남아 있지 않은 어머니의 가장 젊은 모습이다. 어머니는 내가 어릴 적부터 "어머니, 어릴 때 사진은요?" 하고 물으면 "그런 게 있을 리가 있니, 사진이 다 뭐야"라고 답하며 그 이상 말하려 하지 않았다. 가난해서 찍을 여유가 없었나, 사진 찍히는 게 싫었나 나름대로 이런저런 이유를 떠올려보았다. 하지만 내가 아는 어머니는 사진을 찍는 것도, 찍히는 것도 좋아하는 사람이었다. 요즘 SNS를 즐겨 하는 사람처럼 남편과 아이들에게 카메라를 들이대며 포즈를 지시하고 행복이 넘치는 미소를 요구했었다. 사진을 인화해 앨범 만드는 걸 좋아하던 어머니에게 십대 시절 사진이 한 장도 없다는 것이 의아했다.

어쩌면 존재했을 어머니의 어린 시절 사진은 1945년 오사카 대공습 때 불타버렸을지도 모른다. 공습을 피해 오사카에서 제주 도로 넘어가던 피난길에 잃어버렸을지도 모른다. 설령 제주에서 보낸 3년 동안 사진을 찍었다 해도, 1948년 일어난 제주4.3사건의 풍랑 속에서 사랑하는 사람들과 찍은 사진을 불태워야 했던 건지 도 모른다.

학살을 피하기 위해 일본으로 향하는 밀항선을 타려고 먼 길 을 걸었던 어머니. 어머니는 어린 여동생을 등에 업고 남동생의 손 을 이끌며 경찰의 삼엄한 검문을 빠져나가기 위해 집 근처를 산책 하는 척했다. 짐도 음식도 없이 맨손으로 출발해서 애월부터 조천 항까지 30킬로미터를 꼬박 걸어 새벽에 밀항선을 탔다. 일본에 도 착한 후 항구에서 경찰에 포위되긴 했으나 일본인의 도움을 받아 오사카까지 돌아갈 수 있었다. 그러니 사진이 다 무어겠는가.

위의 사진은 어머니가 아버지를 만나기 전이다. 어머니가 외 할머니와 치마저고리 차림으로 오사카 거리를 걷는데 모르는 남 자가 갑자기 잉크를 뿌렸다는 이야기를 몇 번이고 들은 적이 있다. 독립기념일 집회에 참석했다가 집으로 돌아가는 길에 일어난 사 건이었다. 하얀 치마저고리가 순식간에 검게 물들었고, 얼굴에도 잉크가 튀었다. 어머니는 충격으로 굳어서 그 자리에 꼼짝도 못 하고 서 있었다. 외할머니가 분노에 몸을 떨며 호통을 치자 범인은 "조선인이 건방지게!"라는 말을 내뱉고는 사라졌다.

"울면 안 돼. 정신 똑바로 차리고 가슴 펴고 가자꾸나." 외할머니 목소리에 정신을 차린 어머니는 얼굴과 손, 치마저고리에 검은 잉크를 뒤집어쓴 채 집까지 걸어갔다. 조선이 독립한 1945년 이후 어머니의 터전이 된 곳에서 일어난 사건이다.

"내가 정말이지 화가 나서. 주변에 남자들도 있는데, 아무도 안 도와줬어. 그 범인이 실실 웃으면서 갔다니까." 주먹을 불끈 쥐면서 당시를 떠올리는 어머니의 눈에 분한 기색이 넘쳤다. "할머니가 정말 여장부시긴 했지." 어머니가 팽팽하게 긴장했던 표정을 풀고 그리운 목소리로 말했다. 만나본 적 없는 외할머니였지만 그 기세가 눈에 보이는 듯했다.

어머니는 잉크 사건 이후로도 집회나 관혼상제 때마다 민족의상을 입고 전철이나 버스를 탔고, 당당히 가슴을 편 채 오사카 번화가를 돌아다녔다. 재일코리안이 관혼상제에서 민족의상을 입는 일 자체는 흔하지만, 대부분은 의상을 들고 행사가 있는 장소에 가서 갈아입곤 했다. 하지만 어머니는 집에서부터 민족의상을 입고 출발했다.

나도 어릴 때 가끔 치마저고리 차림의 어머니와 함께 외출했다. 역에서 전철을 기다릴 때, 옆에 서 있던 여성이 "참 예쁘네요"라고 말을 걸어온 적이 있다. "그렇죠? 조선의 민족의상인데요, 걸

기도 좋고 편해요." 어머니는 오사카 사투리로 자랑스럽게 설명했다. 그런 어머니 옆에 서 있는 어린 나 역시 치마저고리를 입고 있었다.

어머니는 내가 유치원에 다닐 때부터 평상시에 치마저고리를 입혔다. 겨울이면 색동이나 알록달록한 비단 원단으로, 여름이면 튤립이나 물방울무늬에 물세탁을 할 수 있는 천으로 치마저고리를 지어주었다. 조선학교 교복은 블레이저와 치마였지만, 색이나 무늬가 있는 치마저고리를 자유롭게 입고 등교할 수 있었다. 교복을 입는 것도 치마저고리를 입는 것도 나에게는 당연한 일상이었다. "할머니께서도 나에게 자주 만들어주셨거든. 할머니는 정말 치마저고리를 좋아하셨어." 어머니는 그렇게 말하면서 어린 나의 치마저고리를 만들었다.

어머니는 스무 살에 아버지를 만났다. 조부모, 두 동생과 함께 살던 이카이노 집 근처에 조총련의 전신인 조직의 사무소가 있었고, 아버지는 그곳에서 숙식을 하고 있었다. 사무소에 드나들던 청년 활동가들은 가끔 어머니 집에 식사를 하러 왔다고 한다. 할머니는 그중에서 제주 사투리를 쓰고 누구보다 호탕하게 먹고 마시는 인정 많은 청년인 아버지를 마음에 들어 했다. 외할머니의 밥을 먹으러 왔던 아버지도 어머니를 보고 첫눈에 반했다고 한다.

가난한 활동가였던 아버지와의 데이트는 사과를 먹으면서 공원을 산책하거나 찻집에서 커피를 시켜놓고 오랜 시간 이야기를 나누는 것이 고작이었다. 딱 한 번 아버지가 어머니를 댄스홀에 데려간 적이 있다고 한다. 술도 못 하고 밤 문화도 모르던 어머니는, 리젠트 컷을 한 아버지가 당시 유행하던 트위스트를 춰서 깜짝 놀랐다.

몇 년 후 아버지가 결혼 허락을 받기 위해 외할머니를 찾아와 했다는 말이 가관이다.

"따님을 제게 주십시오. 결혼을 허락해주시지 않으면 저는 이코마산에서 확 뛰어내려 죽어버릴랍니다!" 안에서 듣고 있던 어머니는 터져 나오는 웃음을 필사적으로 참았다.

"죽으면 되나, 제대로 살아야지." 그러면서 외할머니는 호탕하게 웃었다.

어머니와 아버지는 우동 한 그릇을 놓고 결혼식을 올렸다. 스무 살 때 어머니 사진을 보며 '이러니 반할 수밖에' 하고 고개를 끄덕였다.

또 한 명의 주인공

"양영희 감독님, 갑작스럽게 연락드려서 죄송하지만, 콘서트에 가지 않으실래요?"

2016년 봄, SNS 상에서 대화를 나눈 적은 있지만 직접 만나본적은 없는 한 남성에게 DM을 받았다. 경쟁률이 치열한 콘서트 티켓팅을 집념으로 성공시키는 음악 애호가이자, 지인의 친구 정도로 인지하고 있던 사람이었다. 그는 밥 딜런과 에릭 클랩튼의 티켓이 있으니 하나를 선택해달라고 했다. 물론 둘 다 가도 괜찮다는그의 간결한 메시지는, 한동안 콘서트를 가지 않았던 내 마음을 사로잡기에 충분했다. 두 달이나 남은 공연이라 되팔기 목적은 아닌 듯했다. '헌팅인가? 놀리는 건가? 본 적도 없는 사람이랑 콘서트라니' 일축하기에는 꽤 매력적인 제안이었다. 일정을 확인해보니 다행히 에릭 클랩튼보다 마음이 가는 밥 딜런의 공연 날이 비어 있어 무심코 속으로 쾌재를 불렀다.

상대가 어떤 사람인지 정확히는 몰랐지만, 내 작품의 팬이며 재일코리안 친구의 홈 파티에 초대받았던 일본인 남성이라는 것쯤은 알고 있었다. 예전에 SNS에서 재즈와 트럼펫 연주자 톰 해럴에 대해 신나게 이야기를 주고받은 적이 있다. 그리고 내가 '언젠가 블루 노트 도쿄(재즈 클럽)에서 우연히 만날 수 있을지도 모르죠'라고 말한 기억도 났다. 음악 취향이 맞는 친구가 늘어난다는 건 기쁜 일이었고, 치열한 티켓팅을 거치지 않고 밥 딜런의 공연을 직관할 수 있는 기회도 놓치고 싶지 않았다. 가벼운 청유형 문장을 굳이 꼬아서 들을 이유도 없었던 데다, 두 시간 동안 옆자리에 앉아 노래를 듣는 정도면 나쁘지 않을 것 같아서 과하지 않은 답장을 보냈다.

'밥 딜런은 스케줄이 비어 있습니다. 당일에 오차드 홀 입구에서 뵙죠.' 송신 버튼을 누른 순간 아차 싶었다. 오랜만에 그리운 설렘을 느끼게 해주는 사람이 고마웠지만, 혹시 스토커는 아닐지 갑자기 불안해졌다. '신이시여, 콘서트 이상은 바라지 않을 테니 부디 이상한 사람만 아니게 해주세요.' 무교인 주제에 그럴 때만 신을 찾았다. 어느 신에게 하는 기도인지는 모르겠지만, 잠깐의 즐거움을 바라면서 가슴에 성호까지 그었다.

　　오랜 경험을 살려 만남 장소를 홀 입구로 정했다. 카페에서 먼저 만나 테이블을 사이에 두고 공통의 화제를 찾으며 상대의 반응을 캐는 과정에 정신력을 소모하고 싶지 않았다. 상대방이 어떤 사람인지 아는 것보다 밥 딜런이 먼저였다. 음악만 듣고 잽싸게 집에 오기로 마음먹었다. 하지만 아무리 신뢰할 수 있는 지인의 친구라고 해도 이름밖에 모르는 남자와 데이트 비슷한 외출에 도전하기는 불안했다. 상대방에 대해 조금은 알아야 하지 않겠는가. 나는 서둘러 SNS에서 그의 이름을 검색해보고 그가 쓴 글을 찾아봤다.

　　아라이 카오루, 자유 기고가. 검색해봐도 정보가 많지 않았다. 얼굴도 나이도 모르는 그의 저서 가운데 눈길을 끈 것은, 한때 일본을 대표하던 한 저널리스트가 오랜 세월에 걸쳐 표절을 거듭하고 있다는 사실을 폭로한 책이었다. 보도 조사에 특화된 사람인가? 적으로 돌리면 꽤 피곤한 타입일지도? 소심해진 상태로 표절 문제를 폭로한 책을 인터넷으로 주문했다. 그리고 SNS에 올린 글들을 읽어보았다.

　　무엇보다 익명이 아닌 본명으로 활동하는 데서 호감을 느꼈다. 그는 일본인치고는 드물게 영화나 책에 대한 감상을 꾸미지 않고 솔직하게 적어 올렸다. 작품 제목을 밝히고 '쓰레기 같은 영화를 만들었네' '이런 재미없는 책을 세상에 내놓고 부끄럽지 않은

가'라는 솔직한 평가들에 소리 내 웃었다. 거침없는 말투가 무섭기도 했지만 '남이 어떻게 생각하든 신경 쓰지 않는 사람이군, 애초에 남이 자신을 좋아해주기를 바라지 않는구나' 생각하니 오히려 친근하게 느껴졌다. 혹시 만났을 때 내 작품에 대해 신랄하게 비평하더라도 그냥 듣고 넘겨야지, 밥 딜런을 즐기고 나서 다시는 안 보면 그만이야, 그렇게 스스로 다짐하면서 어디까지나 콘서트에 간다는 대전제를 유지하며 빠져나갈 구멍을 만들어두었다.

나도 벌써 쉰둘이었다. 흡사 기원전처럼 느껴지는 이혼 이후, 몇 차례에 걸쳐 만남과 헤어짐을 반복하면서 역시 혼자가 좋다는 경지에 이르렀다. 연애에도 관심이 없고 누구와 함께 있으면서도 외로운 것보다는 고독이 편하다고, 남자라면 지긋지긋하다고 호언장담했다.

두 달이 지난 약속 날, 저녁까지 첫 소설의 원고를 검토하고 편집자에게 보낸 다음 서둘러 나갈 준비를 했다. 내 몫의 티켓값을 넣은 봉투를 가방에 챙긴 뒤, 시부야 분카무라의 오차드 홀로 향했다. 얼굴도 모르는 상대를 알아볼 순 없으니 먼저 말을 걸어오기를 기다려야겠다고 생각하던 차에, 청바지에 '오타쿠' 같은 티셔츠를 입은 남성이 말을 걸어왔다.

"양영희 감독님이시죠. 아라이 카오루라고 합니다. 바쁘신데 오늘 시간 내주셔서 감사합니다." 나보다 어려 보이는 남자는 평크 밴드의 과격한 이름이 전면에 인쇄된 티셔츠를 입고 있었는데, 여하튼 깍듯한 사람 같았다. 우리는 스몰 토크를 나눌 새도 없이 공연장 안으로 들어갔다.

객석에 나란히 앉자마자 무대에 불이 들어왔고, 세션 밴드 멤버들과 함께 밥 딜런이 등장했다. '헬로 도쿄!'라든가 '땡큐!' 같은 말도, 심지어 곡 제목조차 말하지 않고 이어진 두 시간의 공연. 오직 담담하게 곡을 연주하며 노래하는 그의 무대는 겸허하고도 자신감에 넘쳐 투명한 결정처럼 느껴졌다. 나와 아라이 카오루는 몇 번이고 얼굴을 마주 보며 웃고, 서로의 감동을 확인하며 자리에서 일어나 박수를 보냈다. 밥 딜런은 앙코르에 응해 무대에 돌아왔을 때도 조용히 노래만 하고 내려갈 뿐이었다. "뮤지션이라면 이래야지!"라는 나의 말에 그는 고개를 크게 끄덕였다. 밥 딜런에 흠뻑 취해서 콘서트홀을 나올 때쯤에는 간절하게 맛있는 샴페인이 마시고 싶었다.

"배고프지 않아요? 목도 마르고." 정신을 차려보니 내가 식사를 권하고 있었다.

"만일에 대비해서 근처에 예약해둔 가게가 있습니다." 그렇지! 나는 마음의 소리가 들리지 않게, 태연함을 가장하고 걸었다. 카운터 석만 있는 작은 프렌치 비스트로에서 잔뜩 마시고 먹고 떠들었다. 마지막에는 '어, 안 먹을 거야?' 하면서 카오루의 접시에 남아 있던 고기까지 먹어치웠다. 그날부터 나와 카오루는 일주일의 절반 이상을 함께 보냈다.

　처음 만난 날로부터 3개월이 지난 어느 날, 그가 나에게 청혼했다. 그때까지 괜찮은 레스토랑을 찾아다니던 우리였는데, 그날따라 유락초 가드레일 아래에 있는 낡은 이자카야에 있었다. 닭꼬치를 먹다가 갑자기 결혼해달라는 말을 듣고 술을 뿜을 뻔했다. 뭐? 지금? 하필 여기서? 웃음을 참는 나를 앞에 둔 카오루의 표정은 진지했다. 딱히 거절할 이유는 없었지만 띠동갑 차이가 나는 그의 장래를 생각해서였을까, 무의식적으로 소극적인 설득을 시작했다.

　"마음은 고마운데 결혼까지 안 해도 되지 않을까? 앞으로 당신이 아이를 갖고 싶다고 해도 나로서는 불가능하고. 무엇보다 당신 어머니께서 반대하실 텐데. 같이 살고 싶으면 그냥 같이 살면 되지 않나."

　"혼인신고가 중요한 건 아니지만 나는 진심이야."

　나이 차도 부모 의견도 상관없다고 단언하는 카오루는 왜인지 우리 어머니에게만큼은 인사를 드리고 싶다고 했다.

　"그게 예의라고 할까, 순서일 것 같아. 오사카에 계신 어머니께 인사를 드린 다음에 함께 살고 싶어. 만약 아이를 원하면 입양하면 돼"라고까지 했다. 카오루의 진지함에 압도되어 몇 가지 조건을 걸었다. 하나, 일단 실험 삼아 동거해본다. 둘, 만약 마음이 바뀌면 이야기한다. 서로 무리하거나 참아가며 함께 사는 비극은 피한다. 셋, 카오루가 아이를 원할 때는 솔직하게 말한다. 카오루는 반박하고 싶은 표정이었으나 조건을 승낙했다. 나는 그 자리에서 어머니에게 전화를 걸었다. 만나주었으면 하는 사람이 있다고 전하며 오사카 방문 일정을 잡았다.

날짜가 정해지자 카오루는 곧 혼자 나가노 본가로 향했다. 명절에만 얼굴을 내미는 둘째 아들이 도쿄에서 갑자기 찾아와 놀란 어머니에게 카오루는 "오늘 밤 안에 이거 다 보세요"라며 내가 만든 영화 세 편의 DVD를 건넸다고 한다. 그의 어머니가 영문도 모른 채 정말로 그날 밤 〈디어 평양〉 〈굿바이, 평양〉 〈가족의 나라〉를 다 보았다는 이야기를 듣고 나도 놀랐다.

다음 날 아침밥을 차리던 어머니에게 카오루는 홀연히 "어제 본 영화를 찍은 감독이랑 결혼할 거야. 결정했어"라고 통보했다. 어머니는 놀란 표정으로 아무 말 없이 반찬을 놓고는 건너편에 앉았다. "갑작스럽긴. 아무튼 어떤 집인지는 잘 알겠어." 어머니는 그 이상 아무것도 묻지 않았다고 한다. 완고한 아들의 결심을 듣고 그럴 만하리라고 체념했던 것일까. 나를 만나보고 싶다는 어머니에게 카오루는 우리 어머니께 인사드리는 것이 먼저라 말하고는 아침밥을 깨끗이 비우고 도쿄로 돌아왔다.

카오루가 본가에 가 있는 사이, 도쿄에 있던 나의 마음속에는 다큐멘터리 영화감독으로서 뻔뻔한 구상이 스멀스멀 피어오르고 있었다. 이미 오륙 년 전부터 제주4.3사건에 대해 이야기하는 어머니의 증언을 조금씩 촬영하면서 어떻게 영화로 만들지 고민하던 중이었다. 지금까지 한 번도 다루지 않았던 그 일에 대해 말해야만 데뷔작인 〈디어 평양〉을 겨우 마무리할 수 있을 것 같았다. 제주도에 뿌리를 둔 부모님이 한국을 부정하고 북한을 지지하며 살아온, 논리적으로는 설명하기 힘든 이유가 거기 있을지 모른다고 직감했기 때문이다.

한편, 제주4.3사건에 관한 자료라고는 어머니의 기억뿐이었다. 사진도 영상도 남아 있지 않은 어머니의 과거를 다큐멘터리 영화로 만들 자신이 없었다. 극영화라면 창작할 수 있겠지만, 장편 다큐멘터리로 만들기에는 결정적으로 소재가 부족했다. 어머니를 주인공으로 한 작품은 단편으로 가야 하나 고민하던 참이었다. 그러나 현실은 나의 기대를 저버리는 방향으로 드라마틱하게 움직이고 있었다. 김일성과 김정일의 초상화를 벽에 걸어두고 사는 극성 재일코리안 어머니에게 일본인 파트너를 소개하는 딸. 마치 코미디영화 같은 장면이 탄생을 앞두고 있었다. 이건 안 찍을 수 없군. 어머니와 카오루가 만날 때 어떤 드라마가 펼쳐질지 전혀 예측할 수 없었지만, 그렇기 때문에 더욱 찍을 가치가 있었다. 어머니가 맹렬히 반대하든, 김일성의 사진과 저서가 넘쳐나는 우리 집을 두 눈으로 확인한 카오루가 도망을 치든, 어떤 결과가 나오더라도 촬영을 해야 한다는 확신이 들었다. 사진 찍히는 것을 극도로 싫어하는 그였지만 솔직하게 부탁하는 방법밖에 없었다. 나는 머리를 숙였다.

"딸이 일본인 파트너를 소개할 때 어머니가 어떤 표정을 짓는지 찍고 싶어. 어깨너머로 어머니를 촬영하면 당신 얼굴은 안 나오게 할 수 있어. 촬영을 허락해주면 좋겠어. 그리고 그 영상은 영화화될 수 있고 극장에서 상영될 수도 있어. 그것도 포함해서 허락해주었으면 해. 물론 당신이 무얼 말하고 어떻게 행동할지 지시하거나 연출하지 않을 거야. 어렵겠지만 가능한 한 카메라가 없다고 생각하고 자유롭게 하면 돼." 지푸라기라도 잡는 심정으로 부탁하는 나에게 카오루는 망설임 없이 대답했다.

"내 얼굴도 찍어. 안 그러면 재미없잖아. 영화감독, 다큐멘터리스트의 파트너가 되겠다고 결정했을 때 그 정도 각오는 했어. 걱정 말고 마음껏 찍어." 카오루의 확답에 놀라면서 나는 그 마음이 변하기 전에 요구를 확장했다.

"만약 앞으로 당신과 내 관계가 달라지더라도 영화는 세상에 존재하고 저작권은 나에게 있을 거야. 촬영이 언제까지 계속될지 모르지만 중간에 마음이 바뀌면 곤란해. 그리고 가능하면 촬영에 필요한 비용을 어떻게 마련할지에 대해 같이 고민해주면 좋겠어. 요컨대, 작품에 일절 간섭하지 않는다는 조건으로 프로듀서가 되어줬으면 해." 여기까지 단숨에 말한 나는, 카오루가 보일 반응이 무섭기까지 했다.

"알았어, 다 받아들일게. 아무튼 열심히 해. 아니, 열심히 하자. 어, 이거 큰일 났네." 카오루는 호탕하게 웃었다. 고맙고 미안하면서 기뻤다. 그의 인생과 나의 인생이 철커덩, 소리를 내면서 맞물리는 순간이었다.

"내일 인사하러 올 아라이 카오루 씨가 엄청 긴장했대.〈디어 평양〉을 여러 번 봐서 '일본인은 안 돼!' 하고 쫓겨날 각오를 했대." 나는 카오루가 방문하기 전날 오사카에 먼저 내려가서 어머니의 반응을 살피려고 했다.

"쓰루하시시장 정육점에다 내가 닭고기를 주문해놨어. 마늘은 오늘 다 까놓고, 내일 아침 일찍부터 고아야지, 점심에 먹을 수 있게 준비하면 되겠지?" 깜짝 놀란 나는 일본인이어도 괜찮냐고, 다시 한번 다짐을 받듯이 물었다.

"사실 그런 건 상관없어, 좋아하는 사람이랑 맺어지면 되잖아." 어머니가 말했다.

"뭐예요, 그거. 그럼 좀 더 진작 말해주지. 예전이랑 말이 다른데?" 나는 울면서 웃었다.

"아버지가 살아 계셨으면 뭐 한마디 하셨을지도 모르지만, 사람이 인성이 중요하니까. 어떤 사람인지 만나보자. 돈이야 벌면 되지만 성격은 바뀌는 게 아니야." 어머니는 기뻐 보였다. 당신이 이

세상을 떠난 다음 혼자 남을 딸이 못내 걱정됐던 어머니는 쉰 넘은 딸에게 파트너가 생긴 사실만으로도 고마웠던 것이다. 그날 밤 어머니는 늦게까지 아버지와의 추억담을 이야기해주었다.

어머니와 카오루가 처음 만나는 순간은 〈수프와 이데올로기〉에 나오는 그대로다. 어머니는 진심으로 카오루를 환영했고, 카오루는 존경을 담아 어머니의 이야기에 귀를 기울였다. 서로를 존중하는 두 사람의 하모니에서 캠코더를 들고 관찰하던 나는 배움을 얻었다. 어머니가 직접 만든 닭 백숙이 훌륭한 중개 역할을 완수했다는 사실은 구태여 덧붙일 필요도 없다.

닭 백숙을
나눠 먹으며

　　오사카 집에 방문해서 환대를 받은 카오루는 어머니가 만든 닭 백숙에 진심으로 감동했다. 다섯 시간이나 우려낸 수프(국물)의 맛도 맛이지만, 형식에 구애받지 않는 어머니의 따스한 응대에도 감격한 것 같았다. '미국 놈, 일본 놈은 안 돼!'라는 돌아가신 아버지의 단호한 신념은 물론, 늘 아버지 의견이 우선인 어머니의 성정 또한 내게 들어서 익히 알고 있었다. 소금을 뿌리시면 어쩌나, 김치를 던지실지도 모르겠다며 농담 섞인 불안을 내비쳤으니 그만큼 긴장했을 것이다. 그는 어머니가 웃으며 환대를 해주셨다고 무척이나 기뻐했다.

카오루는 어머니의 웃는 얼굴에서도 홀로 사는 이의 외로움을 감지했다. 만나지 못하는 가족들 대신 가족사진에 둘러싸여 사는 어머니가 안됐다고, 자신이 네 번째 아들이 되겠다고 시간을 내서 오사카를 오갔다.

그는 다음번에는 자신이 어머니에게 닭 백숙을 해드리고 싶다며 만드는 방법을 배우기로 했다. 먼저 쓰루하시시장에 동행해서 재료부터 골랐다. 어머니와 함께 닭고기와 마늘 전문 채소 가게에 갔다. 어머니는 도중에 길에서 아는 사람을 만날 때마다 "우리 사위, 영희 남편입니다"라며 카오루를 자랑했다. 카오루는 수줍게 머리를 숙이며 "아라이 카오루입니다. 일본인 남편입니다" 자기소개를 했다. 그때마다 상대방은 눈을 크게 뜨고 "어머, 그래!" 하고 놀랐다. 설마 어머니가 일본인 사위를 자랑하리라고 예상하지는 못했던 것 같다. 재일코리안인 이웃은 "이제 시대가 달라졌는데, 본인만 좋으면 됐지"라고 했고, 일본인인 이웃은 "잘 모르겠지만 잘됐다"라고 했다. 나는 마음속으로 '아직 혼인신고도 안 했지만, 뭐 어때' 생각하면서 두 사람을 카메라로 찍었다. 촬영하는 나를 보고 놀라는 사람은 없었다.

어머니와 카오루가 테이블에 마주 앉아 함께 장을 봐온 마늘 껍질을 벗기면서 세상 돌아가는 이야기를 나누었다. 그 모습을 목격했을 때, 이 장면이 작품의 핵심이 되리라 확신했다. 이데올로기

가 달라 서로 탓하고 싸우고 죽이는 세상에서, 이데올로기가 다른 사람들이 새로운 가족이 되어 함께 밥을 해서 나눠 먹는다는 사실이 무척 숭고하게 느껴졌다. 생각이나 가치관이 달라도 같이 살 수 있다는 것을 어머니와 카오루가 증명해주는 것만 같았다.

단순한 레시피였지만, 수십 년간 만들어온 어머니의 맛을 재현하기란 불가능에 가까웠다. 그래도 카오루는 새 아들이 만든 백숙 맛을 보여드리겠다고 도쿄 집에서 몇 번이나 연습을 거듭했다. 어머니가 사용하는 것과 같은 크기의 냄비에 같은 양의 물을 넣고 닭을 통째로 집어넣어 다섯 시간 끓였다. 영계나 어머니가 선호하는 품종의 닭을 사용하는 것은 물론, 냄비에 젓가락을 올린 다음 뚜껑을 덮는 것도 잊지 않았다. 같은 순서로 만들어도 좀처럼 어머니의 맛이 나지는 않았지만, 횟수를 거듭할수록 수프의 맛은 좋아졌다.

그 후 카오루는 오사카에 갈 때마다 어머니에게 닭 백숙을 대접했다. 어머니가 데이 서비스♦를 이용하는 동안 준비해서 저녁에 돌아올 때쯤 따끈따끈한 닭 백숙으로 맞이했다. "너 좋은 사람을 만난 거야. 부부는 돈만 갖고는 못 살아. 성격이지. 카오루 씨는 소박하고 상냥한 사람이야. 잘해줘." 어머니는 카오루에게 고마워하

♦ 일본의 고령자 대상 케어 서비스로, 홀로 지내는 고령자가 시설을 오가며 고립감을 해소하거나 치매 악화를 방지하도록 돕는 것이 목적이다.

며 거듭 말했다.

다큐멘터리 영화를 찍는 감독으로서 어머니가 지금까지 들려
준 이야기라도 카메라 앞에서 다시 말해주길 바랐다. 그러나 청취
자가 딸이다 보니 어머니와의 대화는 편집상 '사용할 수 없는' 인
터뷰가 되기 일쑤였다. 그 점에서 새로운 가족에다 하물며 일본인
인 카오루에게 말할 때는 나에게 보여주지 않는 정중함까지 더해
져, 아주 좋은 이야기가 나왔다. 카오루가 자유 기고가라 취재와
집필을 해온 것도 한몫했다. 오사카에 가기 전 재일코리안의 역사
와 제주4.3사건에 관한 책을 탐독한 그의 적확한 질문에 어머니는
점점 적극적으로 자신에 대해 털어놓았다. 시간이 가는 것도 잊고
어린 시절부터 이야기하던 어머니는 제주4.3사건에 대해서도 말
하게 되었다. 기억의 뚜껑이 열리는 소리가 들리는 듯했다. 그 안
에는 오랜 세월 봉인해온 기억, 말하면 죽을지도 모른다고 두려워
할 만큼 비장한 기억도 있었다. 가슴속 깊숙한 곳에 묻어두고 무거
운 돌을 여럿 올려두었던 기억의 뚜껑을 카오루와 내가 조금씩 조
금씩 움직이는 것 같았다.

가족이란 혈연이 다가 아니라는 사실을 절절히 믿게 되었다.
서로 이해하려는 노력이 있어야, 기능하는 관계성이 있어야 집합
체가 비로소 가족이 되는 건지도 모른다. 이해하기 위해서는 상대
방의 기억을 공유하려는 노력이 요구된다. 비록 당사자는 될 수 없

지만, 타인의 삶을 완전히 이해하기란 불가능하지만, 적어도 윤곽 정도는 알고 싶다는 겸손한 노력 말이다. 그러기 위해서 알고자 하는 것이다. 사건과 사실을, 감정과 감상을, 그리고 말할 수 없는 상상과 망상까지도.

건오 오빠의 죽음

　2009년 7월, 도쿄에 있던 나에게 전혀 모르는 사람이 갑자기 SNS로 메시지를 보내왔다. 평양을 방문했다가 막 돌아온 재일코리안인데 둘째 건화 오빠가 보낸 편지를 받아왔다는 것이었다. 나는 도쿄 주소를 알려주며 편지를 부쳐달라고 했다. 며칠 동안 불안해하면서 편지를 기다렸다. 평소에는 어머니에게 편지를 보낼 때 나에게 줄 편지도 동봉했기 때문에 무슨 심각한 상담거리라도 있는 게 아닌지, 가슴에 소용돌이가 일었다.

　며칠 후 편지가 도착했다. 건화 오빠가 조선어로 쓴 문장은 처음부터 침통했다.

사랑하는 내 동생 영희에게.

놀라지 말고 들으렴. 건오 형이 죽었다. 심장마비로 쓰러져서 그날로 돌아올 수 없는 길을 떠났어. 이미 장례식도 다 치렀다. 우편보다 빠를 거 같아서 평양에서 도쿄로 돌아가는 K씨에게 이 편지를 맡긴다. 이 소식을 들으면 오사카에 홀로 계시는 어머니가 얼마나 충격을 받으실지, 평양에 있는 가족과 친척들 모두 걱정이 이만저만이 아니다. 이런 슬픈 이야기를 네게 전할 수밖에 없는 한심한 오빠를 용서해주면 한다. 그리고 신뢰하는 여동생에게 부탁이 있다. 2주 후, ○월 ○일에 오사카에 국제전화로 콜렉트콜을 걸어서 건오 형의 당시 상황을 어머니께 말씀드릴까 해. 그전에 네가 오사카에 가서 건오 형의 죽음을 먼저 어머니께 알려주었으면 한다. 그리고 내가 전화를 걸 때는 어머니 곁에 영희가 있어주면 좋겠다. 연락할 방법이 없어 멋대로 결정해서 미안하구나. 어떻게든 날짜를 맞춰 오사카에서 기다려주렴. ○월 ○일에 어머니께 전화할게. 그럼 그때 보자.

주변의 소리가 사라지고 시간이 멈춘 듯한 감각에 휩싸였다. 질 나쁜 장난이었으면 좋겠다고 생각하며 손에 든 봉투와 편지를 몇 번이고 확인했다. 도쿄에 존재하는 모든 것이 그대로인데, 내 머리 위에만 폭탄이 떨어져 뇌가 터질 것 같았다. '그럴 리가 없어,

있을 수 없어.' 온 힘을 다해 부정하며 떨리는 손으로 다이어리를 쥐었다. ○월 ○일…… ○일…… 격하게 동요하면서 지금이라도 입 밖으로 튀어나올 것 같은 심장에 대고 침착하라고 다독였다. 받아들이고 싶지 않은 현실과 대응해야 할 현실 사이에 있는 스스로가 가여웠지만, ○월 ○일까지 남은 시간은 일주일밖에 없었다. 방 안의 물건을 모두 부숴 가루로 만들어버리고 싶은 분노를 억제하려고 애썼다.

무엇부터 해야 할까. 정중하게 메일을 보내 잡혀 있던 미팅 몇 건을 취소했다. 어느새 뺨을 타고 흐르는 눈물을 닦고 코를 풀고 헛기침을 하며, 평소와 같은 목소리로 말하는 연습을 했다. "아아, 여보세요. 어머니?" 목소리가 나오지 않았다. 심호흡을 하고 물을 한잔 마셨다. "여보세요, 어머니" "어머니!" "어머니, 저기……" 몇 번이나 연습을 한 뒤 어머니에게 전화를 걸었다.

"여보세요. 어머니? 저 영희요." 오랜만에 딸한테 걸려온 전화에 기쁘게 답하는 어머니의 목소리가 들렸다. 그 목소리에 기대며 필사적으로 거짓말을 했다.

"오랜만에 휴가를 낼 수 있을 것 같아서 쓰루하시에 가려고요. 어머니가 해주는 밥을 먹으면서 한 일주일 푹 쉬려고." 억지로 밝은 목소리를 꾸며냈다.

"그랬구나. 집에 와서 푹 쉬면 되겠다. 늘 먹는 닭 백숙 만들어둘게. 언제 오니, 내일? 모레? 신칸센 타면 연락해. 시장에 가서

실한 닭을 부탁해놔야겠네." 아무것도 모르는 어머니는 마냥 기뻐했다.

전화를 끊자마자 무릎이 풀리며 눈물이 흘렀다. 어린아이처럼 딸꾹질까지 하면서 울었다. 한동안 울다 보니 심장박동 소리가 이명으로 바뀌었다. 온몸에서 힘이 빠져 침대로 기어가 누웠다. 건오 오빠와 보낸 짧은 시간이 편집된 동영상처럼 머릿속에 반복 재생됐다. 어릴 적 쓰루하시 집에 있던 건오 오빠, 귀국선 갑판에 서 있던 건오 오빠, 마지막으로 평양에서 만났을 때의 건오 오빠…….함께 보낸 시간이 너무도 짧아서 억울했다.

어머니가 나를 낳은 지 얼마 안 돼 다시 신사복 재봉 일을 시작했을 때, 아직 젖먹이였던 나를 업고 달래준 사람은 당시 중학생이던 건오 오빠였다. 바닥에 내려놓자마자 울음을 터뜨리는 나를, 건오 오빠는 불평도 없이 어르고 달랬다고 한다.

내가 네다섯 살쯤 됐을 때부터 둘째 건화 오빠와 막내 건민 오빠는 TV에 나오는 만담 개그를 가르쳐주었다. 빗자루를 들고 칼싸움하는 법을 배운 내가 집의 창호지를 찢어버린 일도 있었다. 두 오빠는 일본 가요와 그룹사운드는 물론, 비틀즈와 엘비스 프레슬리, 사이먼 앤 가펑클의 노래를 들려주고 만화잡지를 보여주었다. 말하자면 건화 오빠와 건민 오빠가 여동생에게 대중예술을 전파해준 셈이다. 한편 건오 오빠는 자신이 사랑하는 클래식 음악을 어린 여동생에게 들려주려고 노력했다. 학교에서 돌아오면 내 머리에 커다란 헤드폰을 씌웠다. 베토벤과 쇼팽, 차이콥스키와 드보르자크를 같이 들으며 위대한 음악가의 삶과 곡에 담긴 이야기를 해주었다. 오빠들과 보내는 시간은 어린 나를 일본과 서구 문화로 적시는 시간이었다. 의미도 모른 채 어른들을 대상으로 한 책과 음악을 함께 읽고 듣던 자극적인 시간들이 나에게는 보물과도 같았다.

1972년 초 도쿄의 조선대학교 문학부에 다니던 건오 오빠는 '김일성 주석님의 환갑에 바치는 청년 축하단'의 일원으로 선정되어 편도 표를 들고 북조선으로 가라는 명령을 받았다. 본인의 희망 여부에 관계없이 대학(조직)에서 선발되어 북조선 이주를 강요당하는 터무니없는 프로젝트였다. 건오 오빠가 지명되었을 때, 대학교 동기들은 굉장히 놀랐다고 한다. 지도자의 환갑을 축하한답시고 대학생에게 북으로의 이주를 명령하는 것 자체가 말도 안 되는 발상이긴 하지만, 선정할 때 최소한의 기준은 있었다고 한다. 첫째, 장남은 선택하지 않는다. 둘째, 형제가 이미 북조선에 '귀국'한 학생은 제외한다. 건오 오빠는 장남인 데다 이미 두 동생이 귀국한 상태였다. 부모님은 장남만이라도 곁에 두게 해달라고 조총련 중앙 본부에 탄원했지만, 요청은 받아들여지지 않았고 신속하게 장남도 조국에 바치라는 명령이 돌아왔다. 조직의 결정에 이의를 제기하면 김일성을 향한 충성심이 흐려진 증거라고 비난받았다. 조총련 오사카 본부의 중진이던 아버지의 입장을 염려한 건오 오빠는 자신이 거부하면 아버지가 곤란해질 것을 우려해서 '인간 선물'의 일원으로 북에 건너갈 결심을 했다. 어머니는 출발 일정에 맞추기 위해 무아지경으로 짐을 쌌다. 후일담이지만 어머니 말씀에 따르면 당시 부모님에게 '아들을 모두 바쳐 충성심의 모범을 보여라'고 다그친 조총련 중앙 간부는, 자기 자식은 귀국시키지 않았다고 한다.

클래식 음악 없이 살 수 없었던 건오 오빠는 음악만큼은 가져가고 싶다며 어머니에게 오픈 릴 데크를 사달라고 부탁했다. '소집 영장'을 받고 바다를 건널 장남이 오죽 불쌍했을까. 어머니는 아버지에게 비밀로 하고 오픈 릴 데크를 사주었다. 건오 오빠는 언제나 들고 다니던 해외문학 몇 권과 함께 산소와도 같은 오픈 릴 데크를 정성스럽게 포장했다.

니가타항으로 향할 날이 가까워지던 어느 날, 건오 오빠는 이별 기념이라며 나와 어머니에게 볼쇼이발레단의 〈백조의 호수〉 오사카 공연에 가자고 했다. 어머니는 '삼촌이 준 돈이 티켓값으로 나갔구나' 한탄했지만 기뻐 보였다. 우리는 한껏 꾸미고 공연장으로 향했다. 세 식구 모두 진짜 발레 공연은 처음이었다. 여섯 살이던 나는 첫 번째 줄에 앉아 세계 정상급 댄서가 보여주는 〈백조의 호수〉에서 눈을 떼지 못했다. 무대화장을 한 발레리나들의 목덜미에 흐르는 땀, 오케스트라의 음악에 맞춰 추는 안무와 꿈틀

거리는 근육, 전신에서 넘쳐흐르는 표현력에 압도되어 무대로 빨려들어갈 듯했다. 특히 춤을 추면서 눈물을 흘리는 오데트 공주의 모습이 압권이었다. 나는 공연장을 나온 뒤에도 감동이 식지 않아 그저 멍하게 있었다.

"영희야, 오빠가 없더라도 많이 듣고 많이 보렴. 좋은 음악을 들으면 마음이 아름다워지고 좋은 영화를 보면 머리가 좋아지니까 말이야. 진짜를 알아야지." 건오 오빠는 내 머리를 쓰다듬으며 말했다. 그리고 어머니에게 "영희한테는 꼭 피아노를 가르쳐주세요"라고 당부했다. 어머니는 조용히 고개를 끄덕였다.

니가타항에서 건오 오빠를 태운 귀국선을 배웅했다. 항구는 동포들로 가득했다. 〈김일성 장군의 노래〉를 연주하는 브라스밴드의 소리, 만세 대합창, 서로 이름을 외치는 동포들의 목소리가 한데 울려 퍼졌다. 갑판에서 손을 흔드는 귀국자와 항구에서 떠나보내는 사람들. 한 사람 한 사람이 손에 든 종이테이프로 연결되어 있었지만, 하늘에 날리는 색종이 때문에 앞이 안 보일 정도였다. 건오 오빠는 배의 가장 높은 갑판에 있었다. 오빠는 어른들에게 밀쳐지며 서 있는 나를 발견하더니 손에 들고 있던 종이테이프에 무언가를 썼다. 건오 오빠가 큰 소리로 "영희!"를 외치면서 그 테이프를 던지자, 옆에 있던 오빠 친구가 잡아서 뭐라고 쓰여 있는지 읽어주었다.

"좋은 음악을 많이 들어. 영화도 봐. 피아노 열심히 해"라고 쓰여 있었다. 오빠 친구는 건오답다고 말했다. 갑판에 서 있던 건오 오빠는 내 옆에 있는 어머니와 아버지를 향해 깊이 허리 숙여 인사했다. 마치 전쟁터로 향하는 병사 같았다. 브라스밴드의 연주가 울리는 동안 배는 천천히 항구에서 멀어져 갔다.

북에 간 직후부터 건오 오빠에게 불행한 일이 이어졌다. 원인은 아이러니하게도 오빠가 사랑해 마지않는 음악이었다. 클래식을 포함한 서양음악과 해외문학이 금지된 당시 북조선에서 오빠가 가져간 음악 플레이어와 책들은 큰 문젯거리였다. 비판을 받고, 자기비판을 강요당하고, 감시당하고, 미행당하고……. 노이로제는 우울증이 되었고, 오빠는 급기야 조울증에 시달렸다. 일본에서도 섬세한 문학청년이었지만 누구보다 활달한 성격으로 반장이나 학생회장을 도맡곤 했는데. 열일곱 무렵부터 방북한 내가 보기에도 건오 오빠는 다른 사람이 되어 있었다. 어머니는 정신이 아픈 장남을 돕기 위해 매년 방북했고, 무언가에 씐 것처럼 돈을 보냈다. 결혼하고 아들이 태어난 후에도 건오 오빠의 투병은 계속되었다. 북에서 서양음악 가운데 클래식 음악만은 허용되도록 제도가 바뀌자 나는 방대한 양의 음악 CD를 보냈다. 음악은 건오 오빠의 치료제였다.

2005년 9월, 아버지가 뇌경색으로 쓰러진 다음 해에 북에 있는 가족들에게 가서 아버지 상태를 설명하는 데 대부분의 시간을 들이다 보니, 나와 음악이나 영화 이야기를 하고 싶었던 건오 오빠는 조금 서운해했다. 조울증을 앓는 오빠를 생각해서 아버지 이야기를 할 때면 건오 오빠가 없는 장소에서 만났다. 결국 건오 오빠와 함께 보낼 시간이 거의 없었다. 다음에 평양을 방문하면 매일 오빠와 음악 이야기를 하겠다고 마음먹으며 일본으로 돌아갔다. 하지만 나는 영화 때문에 그 방북을 마지막으로 더는 북에 입국할 수 없게 되었다.

평양의 건화 오빠가 오사카 집에 전화를 걸겠다고 한 날은 5일 뒤였다. 많이 운 탓에 머리가 아프고 눈이 부었지만, 서둘러 오사카에 갈 채비를 했다. 집에 도착하고 나서 어머니가 끓여준 닭백숙을 먹고, 이런저런 이야기를 하면서 며칠을 보냈다.

"실은 할 말이 있는데……." 몇 번이나 어머니에게 건오 오빠의 죽음에 대해 이야기하려고 했으나 그때마다 말이 나오지 않았다. 오랜만에 딸을 만나 기뻐하는 어머니에게, 평양에 있는 아들과 손주, 며느리의 이야기를 하는 어머니에게 사랑하는 장남이 급사했다는 말을 꺼낼 수가 없었다. 병든 장남을 살리기 위해 살아온 어머니였다.

평양에서 전화가 오기로 한 날, 한시라도 빨리 어머니에게 말하지 않으면 국제전화가 올 텐데, 안절부절못하고 있을 때 전화가 울렸다. 수화기를 들어 전화를 받자 콜렉트콜 교환원이 말했다.

"강정희 씨? 국제전화를 받으시겠습니까?"

"네."

"평양에서 전화인가?" 수화기에서 목소리가 새어 나와 어머니에게 들린 모양이었다.

"영희? 영희? 들려? 건화 오빠다. 어머니 거기 계시니?" 어머니가 묻는 순간 오빠가 물었다.

"오빠, 미안. 어머니에게 아직 말을 못 해서. 지금 내가 먼저 말씀드릴 테니까 15분 후에 다시 전화해줄래?" 나는 오빠에게 말하고 전화를 끊었다.

"뭐야? 지금 전화 건화 아니니? 무슨 일 있나?"

"어머니, 슬픈 소식이야. 실은……."

어머니에게 말하는 목소리가 흔들렸다. 건오 오빠의 죽음을 알게 된 어머니는 말을 잃었다. 15분 후에 건화 오빠가 다시 콜렉트콜을 걸어왔다. 이미 장례식도 끝냈다는 이야기를 들은 어머니는 다음 배편으로 평양에 가겠다고 약속하며 전화를 끊었다. "아이고, 불쌍해라. 고생만 하다가 병에 걸려서……." 수화기를 놓은 순간 어머니는 몇 번이고 다다미를 두드리면서 통곡했다. 그대로 며칠 동안 몸져누웠다. 뇌경색으로 입원해 있던 아버지에게는 건오 오빠의 죽음을 알리지 않기로 했다.

울고 있을 새가 없었다. 어머니를 평양에 보내기 위해 서둘러 비용을 마련해야 했다. 몸져누운 어머니의 식사를 챙기고, 어머니가 평양에 들고 갈 물건을 사느라 분주했다. 오빠를 위해 울 시간도 없이 시간은 빠르게 흘렀다. 어머니는 다음 달이 되자 건오 오빠의 무덤을 만들기 위해 평양으로 날아갔고, 나는 평양에 사는 조카를 주인공으로 한 다큐멘터리 영화 〈굿바이, 평양〉의 편집 작업을 위해 서울로 날아갔다.

어머니의 증언

　　어머니가 피난 가서 3년간 살던 제주 애월면(현재는 애월읍) 하귀리는 제주도에서도 4.3사건의 희생자가 많이 나온 지역이다. 2017년 11월, 제주도의 '제주4.3연구소' 연구자들이 조사를 위해 오사카로 왔다. 제주4.3사건을 경험한 생존자들과 인터뷰를 했는데 어머니도 그 대상이었다.

　　사건에 대해 이야기하기 시작하던 때의 어머니라면 인터뷰를 망설였을지도 모른다. 하지만 딸에게 처음 이야기한 때부터 10년 가까이 지났고 일본인인 내 약혼자에게도 당신의 고향에서 겪은 일에 대해 꼼꼼하고 알기 쉽게 말하던 어머니는, 이미 몇 번이나 리허설을 마친 듯 흔쾌히 인터뷰를 수락했다. 그즈음의 어머니는 '괴로운 체험을 어렵게 꺼내는 사람'이 아니라 '제주4.3사건을 널리 전하는 사람'이 되어 있었다. 어머니에게는 자신과 다른 생존자들의 이야기를 듣기 위해 제주도에서 연구자들이 온다는 사실도 시대의 변화를 실감게 하는 사건이었을지 모른다. 어머니는 한국에서 온 사람들 앞에서 말해야 한다는 사실에 약간 긴장했지만, 표정은 밝았고 살짝 들떠 보이기까지 했다.

예상보다 많은 사람이 우리 집에 찾아왔다. 제주4.3연구소 소장, 전 소장, 연구원, 일본의 대학에서 제주4.3사건을 연구하는 학자, 대학원생, '오사카제주4.3회' 대표 등 좁은 거실에 다 앉을 수 없을 정도로 많은 사람이 모였다. 방문객들은 무릎이 아파 의자에 앉은 어머니를 둘러싸고 앉았다. 주로 제주4.3연구소 소장과 전 소장이 질문을 하고 어머니가 답했다. 여러 캠코더와 녹음기로 어머니의 말을 기록했다.

어머니의 증언은 일본에서 태어나 중학교 때 오사카 대공습을 피해 제주도로 간 데서 시작되었다. 열다섯부터 열여덟까지 3년간의 제주도 생활과, 열여덟 제주의 4월 3일에 무엇을 보고 들었는지 이야기했다. 한라산에서 타오르는 불길을 본 일, 의사였던 약혼자가 무장대에 참가했다 산에서 죽은 일, 친한 친구와 가솔린을 옮긴 일, 밀항선을 타고 일본으로 돌아온 과정 등을 구체적으로

묘사했다.

전문가의 질문은 무척 구체적이었고, 그는 어머니의 말을 흘려듣지 않고 더욱 구체적으로 질문을 던졌다. 자신의 말을 충분한 지식을 바탕으로 받아주는 인터뷰어에 자극을 받은 어머니의 기억의 뚜껑이 잇달아 열리는 것 같았다.

기록을 촬영하던 연구소 직원이 70년 전 기억을 술회하는 어머니 말의 신빙성을 제주도에 있는 연구소와 SNS를 통해 그 자리에서 확인하고 있었다. 어머니의 기억이 매우 정확하다는 사실이 증명되었고, 인터뷰는 점차 깊이를 더해갔다. 영화에서는 약 7분 30초 정도 되는 장면이었지만, 어머니는 그날 쉬지 않고 세 시간을 말했다. 촬영하던 내가 혹시 어머니가 쓰러지지 않을까 걱정했을 정도다. 나도 평소 곧잘 인터뷰를 하던 터라, 옛날 일을 떠올리면서 자신에 대해 말하는 것이 얼마나 큰 에너지를 소모하는 일인지 잘 알고 있었기 때문이다. 세 시간에 이르는 농밀한 인터뷰를 마치고도 어머니는 끄떡없었다. 그날도 잘 먹고 잘 잤다. 다음 날 역시 열도 나지 않고 건강해 보였다.

일주일 후부터 어머니가 변해갔다. "아버지! 건오! 상철이! 어디 있니?" 어머니는 이미 죽고 세상에 없는 가족들을 찾기 시작했다. 아버지, 장남, 당신의 남동생을 부르며 2층 계단을 올라가 방 안을 둘러봤다. 눈빛이 멍해졌고 말도 바로 나오지 않았다. 검사

결과 알츠하이머라는 진단을 받았다. 자기 상태에 어머니 스스로도 당황스러운 것 같았다. 나와 카오루는 의사의 조언에 따라 어머니가 말하는 내용을 부정하지 않았다. 아버지는 어디 있냐고 물어보면 조총련 본부에 갔다고 하고, 오빠를 찾으면 학교에 갔다고 했다. 어머니의 이야기들을 정리하면 세 아들과 당신의 부모님, 남동생과 여동생, 남편, 딸 영희까지 모두 이 쓰루하시 집에서 함께 살고 있었다.

"어머니, 아들들 다 귀국시켰잖아요? 평양에 있잖아." 딱 한 번, 확인차 어머니에게 물어본 적이 있다. 어머니는 '귀국'이라는 말의 의미를 알지 못했다. 어머니 기억 속에는 '귀국 사업' 자체가 존재하지 않았고, 평양이라는 말에도 반응이 없었다. 나는 너무도 큰 충격을 받아 마음이 아득해졌으나, 어머니에게 맞추는 것 말고 도리가 없었다. 어머니는 가족 모두가 함께 살던 1960년대 후반으로 돌아가 있는 듯했는데, 신기하게도 카오루가 나의 남편이라는 사실은 인지했다. 1960년대라면 카오루가 아직 태어나지도 않았을 때지만, 그런 것은 아무래도 좋았다. 어머니가 "카오루 상!" 하고 불러주는 것이 기뻤다.

그뿐만 아니라 어머니에게는 아무래도 두 영희가 존재하는 것 같았다. 아들들과 놀고 있을 어린 영희와 눈앞에 있는 신세계의 영희. 그것 또한 아무 문제없었다. 어머니가 웃으면 그걸로 됐다. 다행히 나와 카오루 둘 다 어머니 망상에 장단을 맞추는 일이

고통스럽지 않았다. 아플 뿐인 걸, 비난이고 한탄이고 소용없을 따름이다. 어머니는 아픈 사람이다. 나와 카오루가 어머니의 망상에 장단을 맞춰주는 한, 어머니는 스트레스 없이 지낼 수 있다는 사실에 안심했다. 실제로 알츠하이머가 진행되면서 어머니의 표정은 실로 온화해져갔다. 가족이 함께 살고 있다는 망상 덕분에 송금 걱정에서 해방된 것이다. 방북 자금을 마련해야 한다는 걱정도 사라졌다. 조울증으로 고통받던 건오 오빠에 대한 기억도, 남편을 잃은 외로움도 날아갔다. 지금, 어머니는 모두와 같이 살고 있으니까. 이런 유난한 망상도 없다고 남편과 나는 안도했다.

다만 한 가지 걱정이 있다면 언젠가 오빠들에게 어머니가 귀국 사업 자체를 잊어버렸다는 사실을 전할 수 있을까 하는 점이었다. 그런 잔혹한 말을 할 수 있을까. 그래도 용서를 해줄 것인지, 그럴 필요가 있는지 고민하지 않을 수 없다. 여전히 그 고민을 하고 있다.

충성의 노래

　기억을 잃어가던 어머니가 김일성을 기리는 노래를 불렀다. 그런 어머니의 모습은 잔혹하고 순수하고 활기차고 사랑스럽고 가엾고 성숙한 소녀 같았다. 인간의 불가사의한 면모가 응축된 이 장면은 〈수프와 이데올로기〉 118분 중에도 가장 보는 이의 마음을 사로잡는다. 떠올릴 때마다 숨이 답답해질 정도다.

　살아가다 보면 이루 말할 수 없이 아픈 상황들을 조우한다. 그 순간을 카메라가 포착할 때 기적 같은 장면이 탄생하고, 그 작품을 보는 사람의 마음을 뒤흔든다. 잔인한 이야기다. 이제 와 무슨 말인가 싶지만.

70년 만의 제주도

　　어머니는 고향을 떠난 지 70년만에 다시 제주도를 방문했다. 기억이 희미해진 와중에도 주변 사람들을 따라 얼핏 떠오르는 한국의 애국가를 더듬거리며 부르는 조선 국적의 어머니. 그 옆에는 부모를 반면교사 삼아 아나키스트로 살고자 하는 한국 국적의 딸과, 북한 정부가 수여한 훈장을 단 돌아가신 장인어른의 사진을 들고 장모님과 아내를 지지하는 일본인 사위가 있다. 4.3 희생자 위령제에 참석한 우리 중 누구도 한국의 국가를 제대로 알지 못하지만, 세 사람은 함께 밥을 먹는다. 우리는 가족이다.

초상화 치우던 날

　〈수프와 이데올로기〉를 본 지인에게 메시지가 왔다. '초상화를 치우는 장면을 굳이 넣다니, 다시는 북조선에 입국할 수 없을지 모른다. 정말로 두 번 다시 가족을 만나고 싶지 않은 거냐. 평양에 있는 가족이 걱정되지 않냐'는 항의에 가까운 내용이었다. 가족을 카메라에 담아온 26년 동안 그러한 자문자답을 되풀이했다. 질문에 대한 답이 작품이기도 했다. 지금에 와서 내가 정권이나 조직의 눈치를 보며 영화를 만들 거라고 생각하나. 우스워서 답장도 하지 않았다. 물론 작품에 대한 감상은 개인의 자유이다.

　소설 『화산도』와 『까마귀의 죽음』으로 알려진 재일 작가 김석범 씨는 같은 장면을 두고 "역사에 대한 통렬한 비판"이라고 평했다. 기뻤다. 가닿았구나, 하는 실감은 격려가 되었고 창작을 계속할 용기로 이어졌다.

어떻게든 초상화를 치우는 장면을 넣고 싶었다. 넣어야 했다. 나 자신과의 결별로서, 새롭게 걸어나가기 위한 생의 마디로서. 낡은 시대에 고하는 결별이자 가족과의 결별이기도 했다. '그런 시대는 이제 끝냅시다!' 하는 결별. 평양에 있는 가족이 걱정되지 않을 리가 있을까. 지금까지도 그래왔고, 앞으로도 그럴 것이다. 그러므로 더욱더 가족과 헤어져야 한다고 생각했다. 북에 가족이 있어서 아무 말 못 했던 시대를 끝내고 싶었다. 이제 충분하지 않나. 무엇보다 나는 북에 살고 있는 것이 아니었다.

초상화를 치우던 날, 점심을 먹으면서 어머니에게 물었다. 알츠하이머가 진행되고 있어 어머니와 제대로 된 대화를 나눌 수 없는 날이 많았는데, 그날은 정신이 조금 또렷해 보였다.

"어머니, 2층에 있는 주석님 초상화, 그거 이제 치워도 괜찮아? 없으면 안 돼?"

"상관없어." 어머니가 말했다. 나와 남편은 놀라서 얼굴을 마주 보고, 다시 어머니를 보았다. 어머니는 태연하게 푸딩을 먹고 있었다.

"정말요? 옛날부터 쭉 걸려 있는 그 초상화, 진짜 내릴 건데."

나의 말에 어머니는 가볍게 고개를 끄덕였다.

"어머니, 그럼 이 사진은? 피아노 연주하는 운신이, 이거도 치워?" 부엌에 있는 손자의 사진을 가리키면서 물었다.

"그건 놔둬." 어머니가 대답했다. 다시 물어보기가 무서웠다. 푸딩을 다 먹은 어머니는 딸기를 먹기 시작했다.

영화에서는 어머니와 나눈 대화를 삭제하고 내 판단으로 초상화를 치운 것처럼 보이게 편집했다. 당연히 작품 속 모든 장면의 책임은 감독인 나에게 있지만, 조금이라도 알츠하이머를 앓는 어머니에게 책임이 있는 것처럼 보이게 하고 싶지 않았다.

첫 극영화 〈가족의 나라〉 촬영을 앞둔 때였다. 2011년 여름 어느 날, 어머니에게 전화를 걸었다.

"2주면 되니까 집 2층에 걸려 있는 주석님 부자 초상화를 좀 빌려줄래요? 되도록 빨리 돌려줄게." 부탁하는 내 말투에 어머니는 전부 안다는 듯 목소리를 높였다.

"이번에는 또 어떤 영화를 만들 건데? 그냥 귀여운 로맨스 영화나 찍으면 될걸." 어머니는 딸의 요구에 당황한 기색을 잠시 내비쳤다가 "그래서 언제까지 필요해, 택배면 돼?" 하고 물었다. 과연 우리 어머니구나, 감탄했다. 며칠 후 꼼꼼하게 포장된 초상화가 도착하자 영화 소품 스태프들은 떨 듯이 기뻐했다.

오사카의 영화관에서 〈가족의 나라〉를 본 어머니는 "네 각오

는 알겠다. 앞으로 딸이 하는 일에 말 보태지 않을 테니까 건강만 조심하고"라고 했다. 그 후 매달 인삼과 마늘을 듬뿍 넣은 닭 백숙을 만들어 도쿄로 보내주었다.

오사카 집에 더 이상 초상화는 없다. 알츠하이머로 '귀국 사업'이라는 말도 잊어버린 어머니다. 어머니는 나와 남편을 포함한 가족 모두가 함께 있다는, 당신의 삶일 수 없었던 시간을 살고 있었다. 점차 온화해진 어머니는 매일 그림책을 보면서 당신이 만들어낸 이야기를 들려주었다. 나와 남편은 어머니의 어떤 이야기에도 미소를 지으며 고개를 끄덕였다.

부치지 못할 편지

　영화 때문에 북에 갈 수 없어 가족들을 만나지 못하게 됐다. 게다가 생판 남인 사람에게 평양에 있는 가족들한테 편지를 보내지 않는 편이 좋을 거라는 충고도 들었다. 내가 편지를 보내도 받지 못하거나 성가신 일만 만들 거라고도 했다. 사실인지 확실하지 않았지만, 결국 편지는 부치지 않기로 했다.

　〈수프와 이데올로기〉의 마지막 부분에 수십 초 정도에 불과하지만 내가 편지를 쓰는 장면이 있다. 실은 네 시간 이상 편지를 쓰고 버리기를 반복했다. 조카 선화에게 편지를 쓰고 싶어졌기 때문이었다. 선화에게 말을 걸듯이, 혼잣말하듯이 쓴 편지였다. 어머니의 알츠하이머, 새로운 가족(남편), 어머니를 향한 남편의 애정 등 물꼬가 터지자 멈출 수 없어서 계속 썼다. 그러다…….

　어머니가 '귀국 사업'을 잊어버린 일, 평양에 사는 가족들이 어머니 의식 속에 존재하지 않게 된 일을 쓰기 시작하자 펜은 멈추고 눈물은 그치지 않았다. 그저 미안해서, 하지만 내가 할 수 있는 일이 없어서, 내 책임도 아닌데 정말 어쩔 수가 없어서, 어떻게 해야 할지 모르겠어서 눈물만 났다. 처음부터 부치지 않을 생각으로 쓴 편지였지만, 사실대로 썼더니 당최 보낼 수 없는 편지가 되고 말았다. 그렇게 쓴 편지는 버릴 수밖에 없었다.

어머니의 기도

　젊을 때 친구들이 나에게 종교를 물어보면 "우리 부모님은 김일성 교지만 나는 무교. 부모님을 본보기 삼아서 아무것도 과하게는 안 믿으려고. 하하"라고 대답했다. 부모님은 김일성 말대로 종교는 해악이라고 했다. 제사 때 모인 친척들이 종교 이야기를 꺼내면 아버지는 상대방을 강력하게 규탄했고, 어머니는 그런 아버지에게 동조했다. 어린 마음에도 남에게 폐를 끼치는 것도 아닌데 그렇게까지 할 일인가 생각했다. 어머니에게 말하면 '종교는 안 돼!' 하고 더 상대해주지 않았다. 어머니는 교회고 절이고 신사고 어디에도 가지 않았다. 설날 새해 첫 참배 때 두 손을 모으고 기도를 하는 사람을 보면 '한가하나 보네, 바보 같다'고 일축했다.

그런 어머니가 만년이 되어 기도하듯 손을 모으고 있는 모습을 본 순간의 놀라움을 어떻게 표현하면 좋을까. 내 눈을 의심해 무심코 다시 보기까지 했다. 거실 의자에 앉은 어머니가 양손을 모아 기도하듯이 손을 비비고, 절을 하고, 눈을 감은 채 고개를 주억이곤 했다. 당황한 나는 '치매 증상인가? 실은 불교 신자였나? 아니면 기독교 신자? 어떤 신에게 기도하는 거지?' 이런저런 유치한 추측을 하기도 했다.

아무 말도 하지 않고 잠시 관찰했다. 치매가 진행되면 시야가 좁아진다고 들었기 때문에 내가 한방에 있다는 사실을 어머니가 인식하지 못하도록 조용히 구석에 앉아 있었다. 어머니는 오랜 시간 손을 맞대고 공중을 바라보면서 끄덕이거나 미소 지었다. 마치 나에게는 보이지 않는 누군가와 교신을 하는 것 같았다. 시간이 지나자 평소의 어머니로 돌아왔다.

다른 날도 묵묵히 앉아 있다가 두 손을 모으게 되었다. 문득 옆에 있는 딸의 존재를 확인하고 놀라더니 원래대로 돌아와서 손을 풀고 아무 일도 없었던 것처럼 굴었다. 어머니의 소중한 시간을 방해한 것 같아 죄송했다. 그 이후로 어머니가 손을 모을 때면 나는 조금 떨어진 곳에서 가만히 지켜보았다. 어머니는 점차 내가 곁에 있어도 신경 쓰지 않고 두 손을 모으게 되었다.

이미 10년도 더 지난 일이다. 어머니가 나에게 '어머니랑 함께 절에 가 줄래?' 하고 물어본 적이 있다. 평양에서 급사한 장남 건오 오빠의 일주기 때였다. 마음 같아서는 평양에서 다른 아들들, 손주들과 함께 성묘를 하고 싶었을 것이다. 그러나 대동맥류 수술을 하고 갓 퇴원한 어머니로서는 불가능한 일이었다.

어머니는 퇴원 직후 절에 가서 스님에게 건오 오빠 일주기에 독경을 부탁하고 싶다고 했다. 어머니와 오사카시 덴노지구의 통국사에 가서 부탁을 드렸다. 재일코리안이었던 스님은 북송 사업으로 이산가족이 된 우리의 상황을 잘 알았고, 독경을 마친 뒤에도 아들을 잃은 어머니에게 말을 걸어주었다. 어머니는 스님 말씀에 조용히 고개를 끄덕였다. 절에서 합장하고, 독경을 듣고, 스님에게 감사 인사를 드리는 어머니는 내가 알던 어머니와 다른 사람 같았다. 나이 든 어머니가 조금은 작아 보이기도 했다.

"일주기에 아무것도 안 하면 서운하지. 평양에서 성묘들 갈 테니까 간소하게 해도 되겠지. 영희도 와줬다고 오빠가 좋아하네." 오빠라는 말을 들은 내 눈에서 눈물이 쏟아졌다.

"어릴 때 오빠들이랑 헤어져서 너도 외로웠겠다." 어머니에게 그런 말을 들은 적은 처음이었다. 여섯 살 소녀한테서 오빠 셋을 빼앗는 건 학대라고 했던 친구의 말이 떠올랐다. 나는 아무 말도 하지 않았다.

내가 도쿄에 있는 동안에는 어머니를 간병 시설에 맡겼다. 어머니는 자연스레 받아들였다. 어머니와 시간을 보내기 위해 오사카에 갈 때는 남편도 동행했다. 갈 때마다 자기를 기억하시려나 걱정하는 그였지만, 어머니는 미소 지으며 '카오루 상'이라고 불러주었다. 오사카에서 보내는 시간 동안 카오루는 어머니 곁에 있어주었다. 나는 옷을 갈아입히고 머리카락을 빗겨주고 손을 씻겨주고 목욕을 시켜주었다. 어머니는 그 하나하나에 오사카 사투리로 고맙다고 했다.

TV도 음악도 시끄럽다고 싫어했다. 거실 의자에 조용히 앉아 지그시 눈을 감고 있거나 콧노래를 불렀다. 카오루가 어머니에게 그림책을 읽어주거나, 어머니가 그림책을 보며 그 자리에서 만든 이야기를 카오루에게 들려주기도 했다. 의자에 앉은 채 까무룩 잠이 들면 어머니 곁을 지키며 다다미에 앉아 있던 카오루도 잠을 잤다. 마치 옛날부터 어머니와 카오루와 나, 세 식구가 함께 살아온 듯한 착각에 빠질 만큼 평화로운 시간이었다.

그리고 기도는 어머니의 일상이 되었다. 손을 모으고 있을 때 어머니의 표정은 온화하고 상냥했다. 손을 모으는 움직임, 모은 손을 푸는 움직임, 그 모든 행동이 우아했다. 기도란 무엇일까? 교회도 절도 신사도 가지 않고, 계속 자신이 사용하던 거실 의자에 앉아 손을 모으는 어머니의 모습은 그때까지 내 안에 있던 '기도'에 대한 선입견을 깨뜨렸다. 누구에게 배운 것도 아니고 형식에 구애

받지도 않는, 근원적인 '기도'처럼 느껴졌다. 어쩌면 어머니가 가족을 위해 해온 모든 행위가 기도였던 것이 아닐까. 남편을 바라보고, 아이들을 안아주고, 먹이고 입히고 재우고 깨우고 꾸짖고 칭찬하는 그 모든 것이 기도였다는 생각이 비로소 든다.

어머니가 양손을 모으고 기도하는 모습과 관객을 향해 던지는 시선. 그 장면을 〈수프와 이데올로기〉의 마지막 장면으로 정한 것은 당연한 결과였다.

〈수프와 이데올로기〉 추천의 말

누군가는 양영희를 두고 제 식구들 이야기를 꽤나 오래 우려먹는다고 손가락질할 수도 있겠습니다. 하지만 나로 말할 것 같으면 양영희에게 이렇게 요구하고 싶습니다. "앞으로도 한참 더 우려먹어주세요."

그가 만들어온 영화들은 단순히 몇 개인에 관한 영화가 아닙니다. 흔히 대립한다고 여겨지는 두 범주 사이의 관계에 대해 질문하는 영화죠. 그 목록은 꽤 길답니다. 개인과 가족, 개인과 국가, 남한과 북한, 한국과 일본, 자본주의와 공산주의, 섬과 뭍, 여자와 남자, 엄마와 아빠, 부모와 자식, 신세대와 구세대, 21세기와 20세기, 감정과 사상, 그리고 무엇보다도 수프와 이데올로기. 양영희의 엄마, 이 나이든 숙녀 한 분의 얼굴을 들여다보면서 우리는 이 모든 것에 관해 성찰할 수 있습니다. 영화 〈수프와 이데올로기〉는 양영희의 이전 작품들처럼 우리가 오래도록 곱씹어야 할 생각거리를 제공합니다. 양영희는 계속 우려먹고 우리는 계속 곱씹어야 합니다.

박찬욱 감독

'우리' 곁에서 우리와 다른 것을 믿고 살아가는 '저 사람들'. 그들이 어째서 그렇게 사는지, 왜 우리가 이해하지 못하는 것을 믿으려고 하는지. 감독이기도 한 딸이 촬영을 통해 어머니를 이해하듯이 이 작품을 보고 나면 '그 사람들'과 '우리' 사이의 선은, 가늘고 또 옅어진다.

고레에다 히로카즈 감독

〈디어 평양〉〈굿바이, 평양〉〈가족의 나라〉. 이 보석 같은 영화들을 보면서 내가 가장 경이롭고 궁금했던 인물은 어머니였다. 〈수프와 이데올로기〉는 바로 그 어머니에 관한 이야기다.

김윤석 감독, 배우

어머니의 레시피대로 만든 저 수프 한 그릇 안에는 어떤 언어로도 이해시킬 수 없었던 그 모든 것들이 담겨 있다.

양익준 감독, 배우

양영희 감독의 이른바 평양 3부작의 마지막 영화 〈수프와 이데올로기〉는 〈디어 평양〉과 〈굿바이, 평양〉으로부터 이어지는 이

3부작이 사실은 가족 3부작이었다는 것을 깨닫게 한다. 앞의 두 영화에서 도쿄와 오사카 그리고 평양으로 나뉘어 있던 가족은 이 영화에서 큰 변화를 겪는다.

그것은 바로 일본인 아라이 카오루의 등장이다. 한여름의 오사카에 수트를 입고 땀을 뻘뻘 흘리며 나타난 그는 어머니가 만들어준 닭 백숙을 먹으며 결혼 허락을 받아낸다. 다음 방문에서 그는 어머니와 함께 시장에 가서 백숙 재료를 직접 쇼핑하고 조리 과정을 지켜본다. 이제 그는 자신이 직접 어머니의 레시피를 따라 백숙을 만들어 어머니께 대접한다.

그 와중에 그는 무례한 상술의 장의 업체에 전화로 항의하며 본인이 어머니의 '아들'이라고 말한다. 이렇게 복잡한 역사를 가진 이 가족에 한 발씩 스며들던 이 일본인은 치매에 걸린 어머니의 어깨를 주무르고, 어머니의 비극을 좇아 제주 방문에 동행하고, 결국 이 집의 가장 높은 곳에 있던 김일성 부자의 사진을 떼어내는 것을 돕는다.

앞선 두 편의 영화 내내 양영희의 비극은 미완성의 가족에 있다. 도쿄와 오사카, 평양이라는 물리적 거리뿐 아니라 전체주의의 거짓말에 의해 분리된 가족. 국가와 사상이라는 매개 없이는 설명되지 않는 기이한 가족의 현실 말이다. 이 가족 내에 놀랍도록 개인 그 자체인 아라이 카오루가 뛰어들고, 그는 끝내 국가, 체제의 상징들을 뜯어내고 그곳에 진짜 가족사진을 채워 넣고야 만다.

이 영화가 끝나고 양 감독은 어머니를 떠나보낸다. 결국 이 영화의 끝, 그 뒤에서 우리는 양영희와 아라이 카오루 두 사람의, 가장 작지만 가장 완벽한 가족을 만나게 되는 것은 아닐까?

김의성 배우

이 영화는 기억에 관한 영화이기도 하다. 한 사람이 오래 품어온 기억도, 미처 닫지 못해 흘러넘친 기억도 역사가 된다. 역사는 하나의 거대한 그릇에 담긴 수프일지도 모른다. 하나하나가 그 안에 녹아 있든, 하나하나가 그 속에 각자의 그릇을 가지고 있든. 어느 쪽이든 그 수프를 소중하게 먹고 마셨다는 사실을 기억하도록 하자.

사이토 마리코 번역가, 시인

〈디어 평양〉〈굿바이, 평양〉 그리고 이번 작품. 양 감독의 세 작품을 묶는 압도적인 강도. 날것으로 드러난 어머니의 모습을 좇아 이윽고 드러나는 가족의 진실이 심장을 꿰뚫는다.

히라마쓰 요코 작가

〈수프와 이데올로기〉는 가족의 평범한 일상인 듯하면서 한없이 정치적이고 깊은 영화다. 보면 볼수록 처음에 보이지 않았던 것들이 드러난다. 두 번 세 번 봐도 질리지 않는다. 이 작품은 시냇물이 아니라 거대한 강이다. 70년에 걸친 한반도 역사의 그늘을 담은 침묵의 대하드라마다.

양영희 감독의 어머니는 제주4.3사건이라는 제노사이드로 인해 약혼자를 잃었다. 어머니는 70년에 걸쳐 그 기억을 비밀스럽게 얼음에 재워두었다. 스스로의 기억을 죽인 것이다. 한국의 민주화가 얼었던 기억을 녹였다. 그리고 영화 〈수프와 이데올로기〉가 완성되었다.

거대한 역사를 담은 픽션 극영화를 만들기보다 이 영화를 만드는 과정은 몇 배나 버거웠음에 틀림없다. 작가의 눈으로 보면 이 영화의 단면으로 얼마든지 단편소설을 쓸 수 있다. 〈수프와 이데올로기〉를 보면서 잊힌 옛 기억들이 여럿 떠올랐다. 이 영화가 엄청난 힘을 가졌다는 증거다.

김석범 작가

나는 1948년에 제주도에서 4.3사건을 목격했다. 산부대라고 불리던 젊은이들은 농사를 하던 중에 짚신을 신은 채 줄줄이 오랏줄에 엮여서 참살당했다. 사람 머리를 돌로 깨 죽이는 지옥 한가운데서 나는 10만 분의 1의 확률로 목숨을 건졌다.

양영희 감독의 어머니 또한 4.3사건의 생존자다. 열여덟이던 어머니는 여동생을 업고 남동생의 손을 끌며 30킬로미터를 걸어서 살아남았다. 당시 같은 지옥 속에 있었던 나로서는 도무지 평온한 마음으로 영화를 볼 수 없었다.

4.3에 대해서 절대로 말하면 안 된다며 가슴 깊이 묻어둔 어머니의 고통을 누구보다도 절절히 이해한다. 70년 만에 4.3의 기억을 말했을 때 무의식 아래 억눌러둔 공포도 함께 되살아났을 것이다.

가장 인상 깊은 장면은 제주4.3평화공원의 4.3 희생자 위령제에 참석한 양영희 감독 가족이다. 이 과감한 풍경이야말로 양영희가 짊어져야 할 명제처럼 느껴졌다.

알츠하이머로 기억을 잃어가면서도 어머니는 김일성을 찬양하는 노래를 정확하게 부른다. 인간이란 도대체 무엇인가. 사상과 이데올로기란 무엇인가. 양영희는 가족이 짊어진 역사를 객체화해서 받아들이고 〈수프와 이데올로기〉를 만들어냈다. 이러한 작품이 존재한다는 사실에 같은 창작자로서 깊이 공감하는 바이다.

김시종 시인